KB117951

바디무빙

바디무빙

BODY MOVING

소설가 김중혁의 몸 에세이

문학동네

×

프롤로그

인간은 사소한 반복이 주는 안락으로 삶을 버티고 있는 것인지도 모른다. 일요일이 있어야 6일이 경쾌해지고, 월급날이 있어야 나머지 29일이 의미 있어지고, 생일이 있어야 364일 동안 선물을 기다릴 수 있다. 과장하자면 그렇다. 일주일과 한 달과 1년의 구분이 없다면 우리는 아마도 일상성의 도를 깨닫거나, 지루함을 참지 못하고 스스로 멸종했을 것이다.

인간은 결국 잘 반복하기 위해 태어났고, 반복을 잊을 정도로 짜릿한 욕망을 찾으며 살아간다. 가끔 한 인간이 살아온 삶의 단면을 떠올릴 때가 있다. 수많은 반복의 겹이 차곡차곡 쌓인 단면을 떠올린다. 흉측하지만 아름답고, 현기증 날 정도로

먹음직스러운 단면의 겹을 생각한다. 프랑스 사회학자 마르셀 모스의 말처럼 인간이란 '사회적, 문화적, 역사적 층위가 차곡차곡 쌓인 비밀스럽고도 불가해하며 신성한 장소'다.

오래전부터 몸에 대한 글을 써보고 싶었다. 몸에 쌓이는 반복과 몸이 겪는 스펙터클한 경험과 몸이 말하는 언어에 대해서 써보고 싶었다. 영화야말로 몸이라는 주제에 가장 어울리는 매체라는 생각이 들었다. 흔히 연기를 할 때 가장 힘든 게 손의 움직임이라고 한다. (중학교 시절 교회의 크리스마스 연극에서 예수님이 태어난 걸 원망할 정도로 망신을 당한 이후에는) 연기를 해보지 않았지만, 그게 어떤 말인지 대충 짐작이 간다. 프로필 사진을 찍기 위해 사진작가 앞에 섰을 때 그 어색한 손의 움직임 때문에, 내 팔이 조립식이었으면 좋겠다는 생각을 자주 했다. 사진 찍을 때는 나사를 풀어서 떼어내고, 영화 볼 때도 떼어내고(거참, 극장 관계자 여러분, 팔걸이 좀 넓게 만듭시다), 잠잘 때도 떼어내면(팔 저리는 건 막을 수 있겠지만 어디 긁지는 못하겠군) 얼마나 편할까 생각했다. 사진 찍는 데도 그렇게 불편한데, 영상을 찍을 때면 얼마나 팔을 주체하기 힘들까. 얼마나 어색할까. (〈설국열차〉에서 팔을 냉동시킨 다음 부러뜨리는 장면이 갑자기 떠올라서 팔이 없으면 좋겠다는 생각은 취소하기로 했다.)

스포츠에 대한 관심 역시 몸에 대한 관심으로부터 시작됐다. 언젠가부터 나는 영화 보듯 스포츠를 보고 스포츠 보듯 영화를 보고 있다는 생각이 들었다. 토요일 저녁 맥주 한 캔 앞에 두고 텔레비전으로 잉글리시 프리미어리그 경기를 보고 있으면, 선수들의 움직임이 영화의 한 장면처럼 보일 때가 많다. 경기의 전개가 드라마틱하기도 하지만 (아스널이나 맨체스터 유나이티드나 맨체스터 시티나 리버풀 같은) 훌륭한 팀의 선수들은 자신들이 어떤 위치에서 어떻게 움직여야 하는지를 정확히 안다. 자신의 대사와 동선을 정확히 안다(정말이지 벵거 감독과 아스널 팀의 선수들은 '미장센'이 뭔지를 알고 있다). 영화를 보면서 배우들의 몸을 읽듯 축구를 보면서 선수들의 몸을 읽는다.

건전한 육체에 건전한 정신이 깃든다는 말이 있다. 원문의 어감은 전혀 다르다. 고대 로마 시인 유베날리스는 '건전한 육체에 건전한 정신도 깃들길 기도한다'면서 몸만 가꾸지 말고 정신도 좀 가꾸라는 뜻으로 빈정거렸다는 것이다. 원문의 의미가 어찌 변했건 나는 저 말을 좀 믿는 편이다. 건전한 육체에 건전한 정신이 깃든다, 는 너무 식상하니까 조금 바꿔 말하면, '아프면 만사 다 귀찮다'는 지나치게 부정적으로 요약한 느낌이고, '앉을 기운이 있어야 뭐라도 글을 좀 쓰지'는 너무 작가적인 변형 같고, '자신의 몸에 관심을 가져야 스스로를 사랑할 수 있다'는 피트니스 센터의 회원 모집 문구 같고, '울림통이 좋아야 소리를 제대로 담을 수 있다'는 〈K팝스타〉 박진영씨의 심사평 같지만 모두 비슷한 이야기가 아닌가싶다. 지금부터 몸에 대해서 이야기해보자.

차례

1부

이 몸으로 말하자면

왼손과 오른손

수영장에 처음 발을 내딛던 때가 생생하게 기억난다. 물기로 미끄러운 바닥, 밖으로 새어나가지 못하고 둥둥 떠다니던 사람들의 웅성거림, 알싸한 소독약 냄새, 수영복으로 갈아입고 수영장으로 입장하던 순간의 부끄러움, 머뭇거림, 어디에 서서 기다려야 할지 모르는 난처함, 이 모든 것들이 공감각적으로 기억난다. 1분이라도 빨리 물속으로 첨벙 뛰어들어 몸을 숨기고 싶었지만 수영 선생님께서는 그걸 허락지 않으셨다. 수영장 예비교육을 마친 후에 본격적인 수업을 실시하겠다고 말씀하셨지만 어쩌면 '일단 벗은 몸에 익숙해진 후에야 수업을 진행하겠다'는 의미일지도 모르겠다는 생각이 들었다. 수영을 처음 배우는 사람들 십여 명이 둥그렇게 서서 선생님의 이야기를 들었다. 뭔가 부끄럽기도 하고, 어색하기도 하고, 가릴 곳은 다 가렸는데 어딘가 더 가려야 할 것 같기도 하고, 시선을 어디에다 두어야 할지도 잘 모르겠고…… 그렇게 난감한 시간이 천천히 흘러갔다. 수영장에서의 예절과 수업의 진도에 대한 이야기를 마친 선생님께서는 준비운동을 시켰고, '벗은 몸도 부끄러운데 벗은 몸을 움직이라는 게 말이 됩니까' 항의하고 싶은 시간이 또 천천히 흘러간 후에야 물에 들어갈 수 있었다. 수영장에 들어간 후 입수할 때까지의 시간은 내 평생 가장 느리게 흘러갔던 시간 3위 안에 들 것이다. (역시 최저 속도는 군대에서의 시간일까?)

벗은 몸에 익숙해지는 데 몇 주가 걸렸다. 다른 사람들은 어떤지 모르겠지만 나는 먼저 상대방의 벗은 몸에 익숙해졌고, 몇 주가 지나서야 나의 벗은 몸에 익숙해졌다. 상대방과 나의 살구색에 익숙해지자 사람들의 몸을 유심히 관찰하게 됐다. (이건 훔쳐보기 같은 게 아니라고요! 그냥 대놓고 보기!) 어린 몸, 늙은 몸, 탄력 있는 몸, 축 처진 몸, 뚱뚱한 몸, 마른 몸, 근육질 몸, 풍만한 몸, 풍성한 몸, 방만한 몸, 빈약한 몸…… 이루 셀 수 없이 다양한 종류의 몸이 눈에 들어왔다. 어떤 몸이 낫고 어떤 몸이 잘못됐다는 생각은 들지 않았다. 그저 모두 똑같은 몸일 뿐이었다. 다양한 종류의 몸들이 물위에 둥둥 떠서 어디론가 나아가고 있는 모습을 보고 있으면, 수영 배우기를 참 잘했다는 생각이 든다. 이런 진풍경을 어디서 볼 수 있을까.

대부분의 수영장에는 커다란 통유리를 통해 풀pool을 들여다볼 수 있는 전망대(라고 해야 할까, 관찰실이라고 해야 할까) 같은 곳이 있다. 아이들이 수영하는 모습을 지켜볼 수 있도록 부모들을 배려한 공간일 텐데 나는 가끔 그곳에서 수영장을 내려다보곤 했다. 접영을 하면서 자신의 실력을 뽐내는 사람, 몸을 가누지 못하고 계속 물을 마시는 사람, 물장구는 요란한데 도통 앞으로 나아가지 못하는 사람들이 한데 뒤섞여 있다. 물에서 버둥거리는 사람들의 괴이한 동작을 보며 웃다가, 저게 내 모습이라고 생각하면 등골이 서늘해진다. 이 사람들의 모습을 소설로 쓰면 좋겠다고 생각했지만, 밀란 쿤데라가 진작에 썼다. 소설 『불멸』김병욱 옮김, 민음사, 2010은 나이든 부인이 수영을 배우는 코믹하고 아름다운 장면으로 시작한다. 밀란 쿤데라는 풀 가장자리에서 난간에 매달린 채 열성적으로 심호흡을 반복하는 부인을 낡은 증기기관차에 비유한다.

증기기관차! 바로 그거였다. 수영장의 사람들은 모두 낡은 증기기관차처럼 숨을 쉬고 있었다. 수영장에서 가장 먼저 배우는 게 발차기와 숨쉬기인데, 발차기가 증기기관차의 피스톤

역할을 한다면 숨을 쉬는 건 연실에서 내뿜는 수증기와 비슷할 것이다. 음, 푸, 파…… 증기를 내뿜듯 숨을 내뿜으면서 앞으로 나아가고, 음, 푸, 파, 힘겹게 전진한다. 요령이 필요하다. 숨을 모두 내뱉으면 안 된다. 숨이 빠져나가 폐가 작아지면 부력이 떨어진다. 가라앉지 않으려면 숨을 잠시 멈추어서 폐에 가두어야 한다. 수영이란 공기 가득 담은 폐를 이용하여 헤엄치는 일이다. 몸속의 폐가 증기기관차의 보일러실인 셈이다.

수영을 배울 때 가장 힘든 점은 앞으로 나아가면서 동시에 떠 있어야 한다는 것이다. 쉬운 일 같지만 막상 물속에 있다보면 그게 얼마나 힘든 일인지 새삼 깨닫는다. 땅을 딛고 하는 운동, 달리거나 딛고 뛰어오르는 운동과는 전혀 다르다. 숨을 쉬지 못하면 간단히 죽을 수 있는 게 인간이란 걸, 그토록 무기력한 존재라는 걸 쉽게 알 수 있다. 물속에선 모든 곳이 헤어나올 수 없는 허방다리고 발 디딜 곳 없는 허공이다. 짚으려고 하는 순간 헛짚게 되고, 붙잡으려고 하는 순간 가라앉는다.

박찬욱 감독의 영화 〈복수는 나의 것〉에서 동진(송강호)이 류(신하균)의 발목을 밧줄로 묶은 다음 아킬레스건을 잘라내는 장면이 볼 때마다 섬뜩한 이유는, 마치 보는 사람을 허공에 내던지는 듯하기 때문이다. 아킬레스건이 잘린 류는 피를 내뿜으며 가라앉는다. 물에서는 잡을 게 없다. 〈복수는 나의 것〉에는 유독 물의 이미지가 자주 등장한다. 류가 동진의 아이를 유괴하기 위해 작전을 짜는 곳은 수영장이며, 류의 누나는 욕조에서 자신의 팔을 긋고, 동진의 아이는 결국 물에 빠져서 죽는다. 물에 빠져 죽은 아이가 아빠의 꿈속에 나타나서 이렇게 말한다. "아빠, 나 수영 좀 일찍 배울 걸 그랬나봐." 멀리서 바라보는 물은 아름답게 반짝이지만 가까이 다가가서 발을 담근 물에는 오싹한 공포가 있다.

수영장에 사람들이 별로 없을 때면 잠영을 해본다. 물속은 참으로 고요하다. 모든 소리들이 먹먹하고, 아득하고, 멀게 들린다. 모든 것이 부드럽게 하늘거린다. 부유하는 것들도 모두 아름다워 보인다. 숨을 참고 버텨보지만 오래가진 못한다. 폐가 터질 것 같고, 금방이라도 죽을 것 같다. 급하게 올라와서 수면 위에서 숨을 터뜨리는 순간, 모든 소리들이 다시 생생해진다.

『염소의 맛』바스티앙 비베스, 그레고리 림펜스·이혜정 옮김, 열린책들, 2013이라는 만화책 제목을 들은 사람은 대부분 고력양, 즉 동물 염소를 떠올린다. 뭐야, 흑염소 고아먹는 이야기인가, 흑염소맛에 중독된 사람들이 이리저리 몰려다니면서 흑염소를 먹어치우다가 결국 서로 싸우며 파멸하는 이야기인가. 아니다, 이 염소는 그 염소가 아니라 수영장을 소독할 때 쓰는 염소다. "염소의 맛이라니, 웩!!" 하는 사람이 많을지 모르겠지만 세상 어떤 물질이든 맛은 있게 마련이다. 나도 염소의 맛을 좋아하는 편이다. 매캐한 냄새를 좋아하는 편이다. 『염소의 맛』 주인공은 한발 더 나아간다. 수영할 때 코마개가 있으면 좋다는 충고에 "아 그건 괜찮아요. 나는 애들 오줌이나 할머니 할아버지들 각질맛도 나름 좋아해서"라고 답한다. 이런 변태 청년을 보았나. 그런데 애들 오줌이나 각질의 맛이란 게 어떤 건가 궁금하긴 하다. 내가 이미 수영장에서 맛보고 있는, 바로 그 맛일까? 수영장 안에서는 다른 맛들이 잘 느껴지지 않는다. 염소의 맛이 워낙 강하다.

수영의 매력이 무엇인지 물어보는 사람들에게 (어쩌면 박태환이나 펠프스의 동영상을 권하는 게 빠를 수도 있겠지만) 『염소의 맛』을 권한다. 바스티앙 비베스의 투명한 그림을 보고 있으면 물속에서 책을 읽고 있는 것 같은 기분이 든다. 염소의 맛과 냄새가 느껴지고, 말이 들리지 않고, 막막하고, 투명하고, 때로는 공포스럽기까지 하다. 주인공이 수영장 끝에서 끝까지 잠영을 하는 대목에서는 보는 사람이 다 숨막힐 지경이다. 수면 위로 올라와 숨을 뱉어낼 때 그제야 나도 숨쉬게 된다. 별다른 내용도 없고, 대사도 많지 않은데, 『염소의 맛』을 읽고 나면 수영을 하고 난 것 같다. 만화에 이런 대사가 있다. "이런 거 생각해봤어? 목숨을 바치는 한이 있더라도 절대 포기하지 못할 거 같은 거……" 그런 게 있었을까. 그런 게 앞으로 있을까. 그런 게 없어도 괜찮은 걸까. 『염소의 맛』은 아릿한 한 시절의 맛이나 냄새 같고, 그 시절로부터 멀어지며 유영하는 우리들의 맛 같고, 우리들의 모습 같다.

잠영을 하다 수면 위를 올려다보는 『염소의 맛』의 명장면은 영화 〈라이프 오브 파이〉에서 바다에 빠진 파이가 물밑에서 침몰하는 배를 바라보는 장면을 떠올리게 한다. 극장에서 3D 안경을 쓰고 〈라이프 오브 파이〉를 보다가 이 장면에서 나도 모르게 짧은 탄식을 내질렀다. 내 눈앞에 물속의 파이가 있고, 저멀리 침몰하는 배가 있었다. 나는 파이보다 더 깊은 물속에서 모든 걸 잃고 마는 파이를 보았다. 두 팔과 다리를 늘어뜨리고 계속 가라앉는, 아무런 희망도 없어 보이는 파이를 보았다. 침몰하는 거대한 배는 아름다워 보이기까지 했다. 불빛들이 가라앉고 있었고 파이는 그걸 보기만 했다. 자꾸만 내게로 가까워지는 파이를, 나는 떠밀고 싶었다. 떠밀어서 수면 위로 밀어올리고 싶었다. 모든 걸 잃었지만 그래도 살아내라고, 죽지 말라고, 빨리 수영을 시작해서 바다 위로 올라가라고 말하고 싶었다.

영화 역사에서 3D 영화라는 게 반드시 있어야 했다면 이 장면 때문이었을 것이라고, 과장해서 말하고 싶을 정도로 모든 게 눈앞에서 생생하고 아름답고 처참했다. 한참 후에야 파이는 팔을 젓고 발차기를 하며 물위로 헤엄쳐갔다. 아름다운 수영 장면이었다.

〈라이프 오브 파이〉에는 아름다운 수영 장면이 하나 더 나온다. 바다에서 악전고투하던 파이가 신비의 섬에 도착해서 평영을 하는 장면이다. 바다 수영에는 수많은 위험 요소가 있지만 담수에서의 수영은 평화롭기 그지없다. 우리가 흔히 '개구리헤엄'이라고 부르는 평영을 그렇게 아름답게 하는 장면을 전에는 보지 못했다.

수영 선생님으로부터 수영을 배울 때 남녀 차가 있다는 얘기를 들었다. 상급자가 되면 상황이 달라지겠지만, 수영을 처음 하는 사람들의 예가 그렇다는 것인데, 남자들은 힘이 좋기 때문에 (우리가 흔히 자유형이라 부르는) 크롤과 접영을 쉽게 배우고, 여자들은 몸이 유연하고 균형 감각이 좋아서 평영과 배영을 쉽게 배운다는 얘기다. 그럴 법하다고 생각했다. 나도 평영을 배울 때 고생깨나 했고, 지금도 제일 힘든 영법이 평영이다. 평영을 잘하기 위해서는 골반이 부드러워야 하는데 어찌나 몸이 뻣뻣한지 부드러운 발차기가 쉽지 않다.

여자들이 언어능력이 더 뛰어난 것도 균형 때문이다. 뇌의 좌반구가 주로 언어를 처리하지만 언어 기능은 양쪽 뇌에 모두 있다. 양쪽 반구가 뇌들보를 통해 연결되어 있는데, 여자들은 뇌들보가 남자보다 훨씬 많다. 여자들이 뇌의 균형 감각이 훨씬 좋다는 뜻이다. 좌반구에서 뇌출혈이 일어났을 때 언어 능력 손상으로 고생하는 남자가 여자보다 훨씬 많고 난독증을 극복하는 경우는 여자가 많은 게 다 이런 이유 때문이다.

내가 만난 수영 선생님들만 봐도 알 수 있다. 지금까지 총 네 명의 수영 선생님을 만났는데(남자 두 명, 여자 두 명) 남녀의 차이가 컸다. (이런 걸 일반화의 오류라고 말할 수도 있겠지만) 남자 선생님은 주로 몸으로 수영을 가르쳤고, 여자 선생님은 주로 이야기로 수영을 가르쳤다. 남자 선생님은 "자, 저를 잘 보세요, 이렇게 웨이브를……"이라고 가르친다면 여자 선생님은 "자, 머릿속으로 커다란 S자를 떠올리고 그걸 따라 그린다고 생각해보세요"라고 가르쳤다. 내 경우엔 여자 선생님이 훨씬 잘 맞았다. (내가 남자라서 그런 게 아니고) 말로 설명해주는 게 훨씬 이해하기 쉬웠다. 이제는 더이상 강습을 받지 않지만 수영을 할 때면 여전히 선생님의 말이 내 몸을 가르치고 있다.

수영 입문 시절, 염소의 맛에 점점 익숙해지며 크롤을 배울 때 이런 일이 있었다. 팔젓기를 열심히 연습하다가 수영 선생님에게(여자 선생님이었다) 이런 질문을 했다.

"왼팔을 저을 때는 괜찮은데, 오른팔을 젓기 시작하면 몸이 가라앉아요. 어떻게 하면 좋을까요?"

선생님은 모든 걸 알고 있다는 듯 이렇게 되물었다.

"오른손잡이시죠?"

"네."

"(그럴 줄 알았다는 표정을 지으면서) 왜 불안한지 아세요?"

"음, (그걸 모르니까 물어본 거잖아요) 모르겠어요."

"왼팔을 저을 때는 오른팔이 앞에 있잖아요. 오른팔이 안정적으로 앞에 나가 있으니까 안심하게 되죠. 반대로 오른팔을 저을 때는 왼팔이 앞에 있으니까 불안한 거고요."

"아, 그러니까 오른손이 왼손을 믿지 못하는 거군요."

"네. 믿지 못하는 겁니다."

"믿으면 되겠네요?"

"처음엔 믿기가 쉽지 않아요. 아까부터 쭈욱 봤는데 (네, 그게 선생님이 하실 일이지요) 손끝에 힘이 잔뜩 들어가 있더라고요. 그건 어깨부터 손까지 힘이 다 들어가 있다는 뜻이에요. 어깨에서 힘을 빼고 그냥 자연스럽게 팔을 흔드세요."

간단한 문제다. 어깨에서 힘을 빼고 자연스럽게 팔을 흔들면 오른손이 왼손을 믿게 되고 물에 뜰 수 있게 된다. 말이 그렇지, 그게 쉽게 될 리가 없다. 오른손이 왼손을 믿기까지는 오랜 시간이 걸렸다. 수영이 잘 늘지 않을 때마다 저 말을 생각했다. 오른손이 왼손을 믿도록, 어깨에서 힘을 빼고, 자연스럽게. 그 말을 생각하면 몸이 조금은 부드러워졌다.

우뇌와 좌뇌

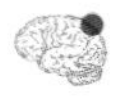

어릴 때부터 시력이 좋은 편이었다. 한창일 때는 1.5와 2.0 사이를 왔다갔다했고, 중간에 잠깐 1.0 아래로 떨어진 적이 있었지만 군대에서 오랫동안 경계 근무를 하다보니 다시 좋아졌다. 시력이 다시 좋아질 수 있다고 얘기하면 믿지 않는 사람이 많은데 내가 직접 경험했다. 먼 곳에 있는 녹색을 지속적으로 바라보고, 컴퓨터나 책을 멀리하고, 규칙적인 생활을 하면 눈이 좋아질 수 있다. 최근 내 시력은 1.0과 1.2 사이 어딘가에 있다.

눈이 좋던 어린 시절부터 안경 쓴 사람을 무척 부러워하곤 했는데(어릴 땐 별게 다 부러운 법이다) 요즘엔 나도 안경을 쓰고 있다. 시력은 좋지만 난시 때문에 눈이 빨리 피곤해져서 안경을 써야 눈의 피로를 줄일 수 있다. 안경 쓴 사람을 부러워하던 어린이답게 안경점에 가서 시력검사 하는 걸 무척 좋아한다. "자, 턱을 고정시키고 화면을 보세요. (네, 고정시켰어요.) 저 푸른 초원 위에 그림 같은, 아니 실제 그림인 집이 보이시죠? (네, 보여요.) 이렇게 하면 더 잘 보이세요? (네, 그러네요.) 이렇게 하면요? (아까가 더 잘 보였어요.) 이렇게 하면요? (비슷한데요?) 자, 이번에는요?" 하면서 안경점 직원과 대화를 나누다보면 무척 섬세한 일을 하고 있다는 기분이 든다. 화면이 흐려졌다가 또렷해졌다가 멀어졌다가 가까워지면 어린 시절 보았던 만화경이 떠오르기도 한다.

얼마 전 안경점에서 시력검사를 하며 이런저런 잡담을 주고받다가 "오른눈잡이시네요"(전문용어로는 '오른쪽 우세안')라는 말을 들었다. 생소한 단어였다. 오른손잡이나 오른발잡이는 들어봤어도 오른눈잡이라는 말은 처음이었다. 안경점 직원의 말에 따르면 주로 쓰는 팔과 다리가 있는 것처럼 눈 역시 그렇다는 것이다. 나의 경우에는 오른눈이 주로 보고 '왼눈은 거들 뿐'이었다. 간단한 테스트로 어느 쪽 눈을 주로 사용하는지 알 수 있었는데, 왜 오른쪽이 우세안이 되었는지는 확인할 길이 없다. 왼손잡이와 오른손잡이의 차이는 뇌기능 차이와 유전의 영향일 거라고 보지만 우세안을 결정하는 요소는 밝혀진 바가 없다. 우세안은 시력과도 관계가 없다. 나의 경우 오른쪽 우세안이지만 왼눈의 시력이 조금 더 좋다.

인간은 좌우대칭의 형상으로 만들어진 것 같지만 실제론 그렇지 않다. 눈도 두 개, 콧구멍도 두 개, 손도 두 개, 다리도 두 개인데, 심장은 하나다(박지성은 정말 두 개인가?). 위와 간도 하나씩이다. 심장과 위는 왼쪽에 있지만 간과 맹장은 오른쪽에 있다. 인간이 (곤충처럼) 완벽한 좌우대칭이 되기 위해서는 몸의 한가운데 심장과 위와 간이 일렬로 늘어서야 하는데, 그 모습은 상상만 해도 기괴하다. 그러려면 상체가 특히 길어져야 할 테고, 내장을 모두 쌓기 위해서는 사람들 키가 190센티미터는 되어야 할 것이다. 아무래도 비효율적이다.

인간의 심장이 한쪽으로 몰린 것은 척추동물이 진화하는 과정에서 빚어진 불가피한 선택일 것이다. 겉과 속이 다른(내장의 구조와 외면의 형상이 다른) 인간의 모습을 생각할 때마다 야구의 원리가 떠오른다. 야구야말로 인간의 구조를 그대로 반영하고 있는 스포츠가 아닐까 싶다.

야구장의 모습은 인간의 외면처럼 완벽한 좌우대칭이다. 1루와 3루 사이에 2루가 있고, 좌익수와 우익수 사이에 중견수가 있다. 홈플레이트는 맨 아래쪽 한가운데 있다. 경기장 위에서 내려다보면 완벽한 대칭이다. 축구나 배구나 농구나 테니스 경기는 대칭으로 이뤄지는 반면 야구 경기는 대칭으로 이뤄지지 않는다. 선수들은 1루로 출루해서 시계 반대 방향으로 한 바퀴를 돌아 홈으로 들어와야 한다. 인간이 시계 반대 방향으로 뛰는 걸 선호하는 이유는 (여러 가지 설이 있지만 가장 그럴듯한 것은) 심장이 왼쪽에 달려 있기 때문이다. 심장을 중심축으로 두고 돌아야 안정감 있게 달릴 수 있다는 것이다. 1896년 제1회 아테네 올림픽 때는 선수들을 시계 방향으로 달리게 했다. 시합을 끝낸 육상 선수들은 제대로 달릴 수가 없었다며 조직위원회에 거세게 항의했고, 다음 대회부터는 시계 반대 방향으로 뛰는 것으로 경기의 규칙이 바뀌었다. 스키를 배울 때도 이런 본능을 느낄 수 있다. 왼쪽으로 회전하는 건 쉽지만 오른쪽으로 회전하는 건 쉽지 않다. 어쩐지 불안하고 곧장 넘어질 것 같다. 야구를 처음 만든 사람도 아마 이런 본능을 따라 룰을 제정했을 것이다. 오랜 습관 때문일 수도 있겠지만 3루 방향으로 출루한 다음 시계 방향으로 움직여서 홈으로 돌아오는 건 아무래도 어색하다.

야구장이 인간의 몸과 닮기도 했지만 야구 경기에는 인류 진화의 모티프가 들어 있기도 하다. 진화생물학자 윌리엄 캘빈은 직립보행을 하고 언어로 소통하며 커다란 두뇌를 가진 최고 영장류라는 인간의 위치가 '던질 수 있는 힘'에서 비롯됐다고 설명한다. '힘없고 빽 없던' 현생 인류 이전의 조상들이 다른 동물을 이길 수 있는 가장 훌륭한 방법은 '던지기'였으며, 던지기 위해서는 두 발로 서야 했다는 것이다. 『더 볼』김재성 옮김, 황소자리, 2013의 저자 존 폭스는 윌리엄 캘빈의 글을 인용하며, 인류는 던지는 동작을 반복하면서 좌뇌 편측화(특정한 기능이 두뇌의 한쪽에서 더 자주 발생하는 현상)가 이뤄졌고, 점차적으로 언어 및 도구를 사용하며 진화했다는 가설에 동조하고 있다.

인간이 던지는 힘으로부터 진화했다는 가설을 믿고 싶긴 한데, 아무리 생각해도 무언가를 던지는 일은 인체 구조와 썩 어울리지는 않는다. 팔은 어깨 아래에 달려 있고, 팔꿈치는 안으로만 굽을 수 있고, 손톱은 무척 빨리 자란다. 무언가 던지기 위해서는 근육과 인대와 관절과 뼈에 엄청난 부담을 줄 수밖에 없고, 무리하면 곧바로 몸이 삐걱거리기 시작한다. 야구 경기에서 선발투수는 대략 백 개 정도의 공을 던지고 나면 급격하게 힘이 빠진다. 돌멩이를 던져서 사냥하던 인류 조상들의 투구 수는 대략 몇 개였을까. 우린 얼마나 진화한 것일까. 궁금하다.

시력 이야기로 시작했으니 야구와 시력에 대한 이야기를 좀더 해보자면, 야구는 안경을 착용할 수 있는 몇 안 되는 스포츠 중 하나다. 안경을 낀 축구 선수나 농구 선수는 (아예 없진 않지만) 상상하기 어려운 반면 안경을 낀 야구 선수는 쉽게 볼 수 있다. 어린 시절 나의 우상이었던 최동원 선수도 금테 안경으로 유명했고, 롯데의 조성환 선수 같은 경우는 교정용 안경을 착용한 첫 타석에서 3점 홈런을 친 것으로 유명하다. 야구는 계속 움직이기보다 뚫어지게 보고, 멈춰 생각하고, 많이 고려하다가 기회가 왔을 때 있는 힘을 다하는 스포츠다. 보는 눈이 무엇보다 중요한 스포츠다.

코엔 형제의 〈인사이드 르윈〉에는 나처럼 좌우대칭 이야기에 푹 빠져 있는 사람이 탄성을 지를 만한 장면이 등장한다. 지질하기 이를 데 없는 르윈 데이비스(오스카 아이작)가 친구의 여자친구이자 자신과 하룻밤을 보낸 후 임신을 하게 된 진 버키(캐리 멀리건)의 집을 찾아가는데, 좁은 복도 끝에는 두 개의 문이 양쪽으로 나뉘어 있다. 복도는 어찌나 좁고 양쪽의 문은 어찌나 사이좋게 대칭이던지 뇌들보로 연결된 인간의 뇌 같다는 생각을 했다. 복도와 두 개의 문은, 말하자면 르윈의 '내부(인사이드)'로 들어갔을 때 만나게 되는 풍경인 셈이다. 흔히 알려진 대로 좌뇌는 말과 계산 등 논리적인 기능을 담당하고, 우뇌는 음악과 그림 같은 이미지를 떠올리는 기능을 담당한다. 좌뇌는 논리적인 생각으로 문제를 해결하지만, 우뇌는 직관적 판단에 의해 문제를 해결한다. (이것은 스포일러일지 모르겠지만) 진 버키의 집은 오른쪽이고, 르윈 같은 경우는 직관적 판단으로 문제를 망치는 쪽이다. 〈인사이드 르윈〉은 어쩌면 우뇌에 옹기종기 모여서 음악 하며 사는 사람들의 이야기일지도 모른다. 농담이다. 지나치게 미셸 공드리적인 상상이었다.

코엔 형제는 내가 이런 농담을 할 걸 미리 예측했던 것인지, 좌와 우를 나누고 무엇이든 구분하길 좋아하는 사람들에게 잔인한 농담을 던진다. 우리의 우뇌 사용 찌질이 르윈 데이비스는 진 버키 앞에서 또 잘난 체를 해본다.

"내 경험에 의하면, 이 세상은 두 종류의 사람으로 나뉘어 있어. 우선, 이 세상을 두 종류로 나누는 사람과……"

르윈의 말을 끊고 진 버키가 비아냥거린다.

"그리고 루저?"

르윈은 대꾸하지 못한다. 폐부를 찌르는 말이다. 우리는 어쩌면 루저가 되지 않기 위해 이 세상을 끊임없이 두 종류로 분류하고 있는 것인지도 모른다. 그런데 또 진 버키의 말을 자세히 생각해보면 '이 세상을 두 종류로 나누는 네가 바로 루저'라는 말 같기도 하다. 세상이 전부 루저투성이다. 원래 나 같은 루저들이 그렇지. 분류하는 걸 좋아하고, 나누는 걸 좋아하고, 정의 내리는 걸 좋아하지. 시간이 무척 많으니까. 그래도 어쩌겠나, 그게 얼마나 재미있는 일인데. 나는 르윈 데이비스가 마치지 못한 말이 궁금해죽겠다. 르윈 데이비스의 정답은 무엇이었을까. 이 세상은, 이 세상을 두 종류로 나누는 사람과 또 어떤 사람으로 이뤄져 있는 것일까. 이 세상을 두 종류로 나눈 걸 다시 네 종류로 나누는 사람일까. 그러면 상대방이 그걸 다시 여덟 종류로 나누고, 그걸 또 열여섯 종류로 나누고…… 코엔 형제에게 편지라도 보내볼까보다.

많은 사람들이 세상을 두 종류로 나눈다. 블라디미르 나보코프는 이렇게 말했다. "나에겐 두 종류의 문학이 있다. 내가 쓴 작품, 그리고 내 작품이면 좋았겠다고 생각하는 작품들." 오, 이건 알 듯 말 듯 오묘한 자백 같기도 한 말이고. 독일의 시인 프리드리히 실러는 "문학을 하는 사람을 두 종류로 나누면 천진무구하고 소박한 문학을 하는 사람과 성찰적인 문학을 하는 사람으로 나눌 수 있다"고 했으며(나는 아마도 소박한 문학 쪽이겠지), 부동산계의 큰손이자 매번 4천만 '땡겨달라'고 말하는 (개그맨 김숙이 연기하는) 난다김 여사님은 세상의 땅을 두 종류로 나눴다. "내 땅과 내 땅이 될 땅."

세상을 두 종류로 나누는 게임을 하다보면 은연중에 자신이 추구하는 가치가 무엇인지 드러난다. 극단은, 위험하지만 명료하다. 분류는, 난폭하지만 편리하다. 아니 바꿔서 말해야 겠다. 극단은 명료하지만 위험하다. 분류는 편리하지만 난폭하다.

야구 경기를 볼 때마다 '야구야말로 우뇌와 좌뇌를 동시에 사용해야 하는 스포츠가 아닐까' 싶은 생각이 든다. 야구는 빠르면서 동시에 느리고, 격렬하지만 정지해 있는 순간 또한 많으며 본능적이지만 논리적인 스포츠다. "타자는 0.25초 만에 본능적으로 공의 궤적을 판단해야 하며, 공과 배트의 중심선이 정면으로 맞을 수 있는 폭은 1.2센티미터에 지나지 않는다."(레너드 코페트, 『야구란 무엇인가』 이종남 옮김, 민음인, 2009) 던지고 치는 일은 순식간에 일어나지만 그 사이엔 수많은 작전과 움직임이 포함돼 있다.

투수가 공을 최대한 빠른 시간 안에 던지고, 타자는 망설이지 않고 빨리 치고, 안타를 친 주자가 무조건 계속 달린다면 야구 경기 시간은 엄청나게 단축될 것이다. 하지만 야구는 그만큼 재미없어질 것이다.

나는 박찬호 선수가 전성기였던 1997년과 2000년 사이에 야구의 묘미를 알게 됐다. 2000년에 소설가로 데뷔하기 전, 나는 여러 가지 일을 하기도 했지만 아무리 여러 가지 일을 한다고 해도 마땅한 직업이 있는 것은 아니어서 시간이 무척 많았다. 백수일 땐 백수이더라도 규칙적인 생활을 하자는 취지에서 아침 9시에 눈을 뜬 다음, 야구를 봤다. 9시에 시작한 야구는 12시가 넘어서야 끝났다. 처음엔 박찬호 선수의 경기를 주로 봤지만 시간이 지나면서 생전 몰랐던 팀들의 경기를 보기도 했다. 처음에는 이렇게 재미없는 경기를 어떻게 참고 보나 싶을 정도로 지루했는데, 나중엔 서너 시간이 눈 깜빡하는 사이에 지나갔다. 메이저리그의 중계 기술이 워낙 뛰어나기 때문이기도 하지만 텔레비전에서 눈을 뗄 수가 없었다. 투수의 손가락, 타자의 습관, 주자의 신발 각도, 포수의 사인, 감독이 의자에 앉은 모습, 외야수의 선글라스, 그 모든 것들을 용광로에 넣어 녹인 것이 야구라는 스포츠였다. 어쩌면 그 시절의 나는 야구처럼 지루한 스포츠를 원했던 것인지도 모른다. 느리게 진행되고, 휴지부가 많은 스포츠를 원했던 것인지도 모른다. 시간을 견디는 자만이 이길 수 있다는 교훈을 얻기 위해 야구를 본 것인지도 모른다. 나에게는 시간이 많았고, 이야기가 필요했다.

야구는 느리게 진행되고, 빈 시간이 많고, 이야기가 끼어들 여지가 많다. 미국에서 야구가 발전한 이유는, 〈꿈의 구장〉부터 〈머니볼〉에 이르기까지 미국이 그토록 많은 야구 영화를 생산해내는 것은, 신화와 이야기가 필요한 미국이라는 나라의 속성 때문일 것이다. 미식축구가 몸으로 부딪치는 전투적인 미국을 상징하는 스포츠라면, 야구는 자신들만의 이야기와 전설을 만들기 위해 끊임없이 기록하는 스포츠일 것이다.

야구광인 소설가 폴 오스터는 자전적 에세이인 『겨울 일기』 송은주 옮김, 열린책들, 2014에서 야구에 대한 정의를 멋지게 내려놓았다. "공을 던지고 받기, 땅볼 처리하기, 경기 내내 매 순간마다 아웃이 몇 개나 있고 주자가 몇 명이나 출루해 있느냐에 따라 어디에 자리를 잡고 있어야 하는지 파악하기, 야구방망이에 맞은 공이 당신 쪽으로 날아오면 어떻게 해야 할지 미리 예측하기, 홈으로 송구하고 2루로 송구하고 더블 플레이를 시도하기, (……) 야구 평론가들은 어떻게 생각할지 모르지만 한순간도 지루하지 않았다. 항상 기대에 차 준비된 자세를 취하고 있었고 머릿속에는 수많은 가능성들이 들끓었다. 그러다가 갑작스레 확 폭발했다. (……) 스윙을 하고 난 뒤 들려오는 바로 그 소리, 그리고 와야 멀리 날아가는 공을 볼 때의 느낌. 그 기분에 비할 것은 아무것도 없다." 폴 오스터는 야구 선수로 뛰었을 때의 환희에 대해 이야기했지만, 나는 보는 사람으로서 똑같은 환희를 느꼈다.

르윈처럼 뻔뻔하게 말해보자면, 세상에는 시간과 맞서는 두 가지 방법이 있다. 첫째는 시간을 쪼개서 얻는 것이고, 둘째는 시간을 고의로 잃는 것이다. 아마도 1997년 즈음 야구가 사라지기라도 했다면 나는 불안하고 지루하던 이십대의 시간들을 이겨내지 못했을 것이다. 그때 나는 시간을 고의로 잃으면서 다른 시간을 벌었던 것 같다. 야구가 그걸 가능케 했다.

선택의 여지가 없는 살

길 가다 가끔 사람들의 몸을 몰래 볼 때가 있다. 비현실적으로 날씬한 몸매의 여자가 지나가는 걸 볼 때도 있고, 엄청나게 거대한 사람이 뒤뚱거리며 지나가는 걸 볼 때도 있다. 한 사람의 몸에는 수많은 이야기가 담겨 있고, 나는 몸을 보면서 그 사람의 삶을 상상해보곤 한다. 왜 어떤 사람은 말랐고, 어떤 사람은 뚱뚱할까. 거대한 남자가 혼자 밥 먹는 모습을, 날씬한 몸매의 여자가 아침에 일어나 저울로 올라가는 모습을 상상한다. 때로는 그런 상상을 소설로 옮기기도 한다. 아마도 내 상상은 많이 틀릴 것이다. 사실과 다를 것이다. 겉으로 드러난 몸만 보고 한 인간의 내밀한 삶을 쉽게 상상할 수는 없을 것이다. 그렇다고 해도, 나는 몸이 삶을 반영한다고 생각한다. 어떤 식으로든 삶은 몸으로 드러나게 마련이다.

좋아하는 단편소설 중에 레이먼드 카버의 「뚱보」라는 작품이 있다. 이야기는 짧고 간단하다. 식당의 여종업원이 어떤 손님에 대해 이야기하는 중이다. 어느 날 뚱뚱한 남자가 식당에 들어왔다. 사람들이 뒤에서 몰래 손가락질을 할 정도로 뚱뚱한 남자였다. 뚱보는 시저샐러드부터 빵과 양고기와 초콜릿 시럽을 묻힌 바닐라 아이스크림에 이르기까지 엄청난 양의 메뉴를 주문한 후 그걸 차근차근 다 먹었다. 이야기는 그게 전부다. 종업원과 뚱보는 짧은 대화를 나누었다. 뚱보가 이렇게 말한다. “어떻게 생각하실지 모르지만 우린 언제나 이렇게 먹지는 않아요.” 종업원이 대답한다. “전 먹어도 먹어도 살이 안 쪄요. 살이 찌면 좋겠는데.” 그러자 뚱보가 다시 대답한다. “안 돼요. 선택을 할 수 있다면 찌지 않는 게 좋아요. 하지만 선택의 여지가 없죠.” 여종업원은 뚱보 남자에게서 묘한 연민을 느낀다. 동료 종업원들이 키득거리면서 뚱보를 비웃자 이렇게 쏘아붙인다. “조용히 해, 저 사람이라고 저렇게 되고 싶었겠어”라고. 이렇게 덧붙이기도 한다. “맞아, 저 사람은 뚱뚱해, 그렇지만 그게 다는 아냐.” 종업원의 이야기는 자신에게 하는 말이기도 하다. 종업원은 집에 돌아가서 이상한 체험을 한다. 남자친구와 섹스를 하려는데, 자신이 엄청난 뚱보처럼 느껴진 것이다. 점점 부풀어서 남자친구가 자신을 안지도 못할 것처럼 느낀 것이다.

30분이면 다 읽을 짧은 분량이지만 소설을 다 읽고 나면 이야기는 아코디언처럼 넓게 펼쳐진다. 뚱보는 왜 뚱보가 됐을까. 그는 왜 먹기 시작했을까. 어쩌다 먹는 걸 멈출 수 없게 됐을까. 종업원은 뚱보에게서 무얼 발견한 것일까.

우리가 살면서 매번 올바른 선택을 할 수 있다면, 몇 개의 선택 중에 가장 나은 선택을 고를 수 있다면 세상에 나쁜 일은 하나도 생겨나지 않을 것이다. 선택의 여지가 없다는 말, 언제나 그렇게 먹지는 않지만 어쩔 수 없이 그렇게 먹을 수밖에 없다는 말, 그 대사를 읽으면서 나 역시 뚱보 남자에게 깊은 연민을 느꼈다. 뚱보에게 느끼는 연민이기도 했지만 나 자신을 향한 연민이기도 했다. 어쩌면 우리가 선택할 수 있는 것이란 아무것도 없으며, 우리의 몸은 우리의 불가항력을 드러내는 상징 같은 것일지도 모르겠다는 생각도 들었다. 늘 조심스럽게 다루지만 예기치 않은 곳에서 고장이 발생한다. 우리는 우리의 몸을 다스릴 수 있다고 믿지만, 몸은 우리 마음대로 되지 않는다.

레이먼드 카버의 「뚱보」를 생각할 때마다 짝패처럼 떠오르는 영화가 라세 할스트롬 감독의 〈길버트 그레이프〉다(디카프리오는 이 영화로 아카데미 남우조연상을 받았어야 했다. 상이 꼭 그렇게 중요한 건 아니지만). 〈길버트 그레이프〉에도 어마어마한 뚱보가 등장한다. 길버트 그레이프(조니 뎁)의 엄마 보니 그레이프(다렌 케이츠)는 젊은 시절 대단한 미인이었지만 남편이 목을 매달고 자살한 다음부터 무언가 이상해지기 시작했다. 7년 동안 집밖으로 한 번도 나가지 않고 정신없이 살았고, 결국 226킬로그램에 육박하는 뚱보가 되고 말았다. 7년의 하루하루가 쌓여서 226킬로그램이 되었다. 7년 동안의 일들을 함부로 짐작할 수는 없다. 어떤 생각들이 그녀의 머릿속에 오갔을지, 마음은 얼마나 잘게 부서졌을지, 짐작할 수 없다. 아득한 시간들이 보니 그레이프의 곁을 천천히 지나갔을 것이다.

사람들은 보니를 '인간 고래'라 부른다. 길버트는 엄마 몰래 지하실로 내려가서 언제 꺼질지 모르는 거실 아래에다 버팀목을 댄다. 길버트의 소망이라곤 가족들과 함께 새집에서 사는 것, 그리고 엄마가 에어로빅이라도 할 수 있게 되는 것이다. 인간 고래인 보니는 경찰서에 갇힌 정신지체아 아들 어니(레오나르도 디카프리오)를 데리러 딱 한 번 외출한다. 사람들은 인간 고래를 보고 쑤군거리고, 손가락질하고, 사진을 찍기까지 한다. 보니는 아들 길버트에게 말한다. "이렇게 되고 싶진 않았는데…… 놀림감이 되고 싶진 않았는데……" 결국 보니는 2층으로 힘겹게 올라간 후 침대에서 숨을 거두고 만다. 죽은 그녀를 옮기는 일도 막막하다. 경찰들은 방위군이 동원돼야 그녀를 옮길 수 있을 거라고 농담을 한다. 결국 길버트의 선택은 더이상 엄마가 놀림감이 되지 않도록 엄마와 함께 집을 불태우는 것이다. 길버트는 집안의 물건들을 전부 밖으로 꺼낸 다음 집에 불을 붙인다.

지금까지 〈길버트 그레이프〉를 여러 번 보았다. 보니가 경찰서에 가서 '내 아들을 내놓으라'고 소리지르는 장면, 길버트가 집을 태우는 장면은, 볼 때마다 눈물이 고인다. 집안에서 불타고 있을 보니 그레이프를 생각하면 가슴이 먹먹해지기도 한다. 보니는 처음부터 그렇게 뚱뚱하진 않았다. 그렇게 되고 싶지도 않았다. 놀림감이 되고 싶지도 않았다. 그런 사람은 없다. 어느 날 남편이 죽었고, 남겨졌고, 막막했을 것이고, 아무도 상상할 수 없을 정도로 커다란 구멍이 마음속에 생겼을 것이다. 보니는 커다란 구멍을 채우기 위해 계속 먹었을 것이다. 나는 보니의 7년을 상상해본다. 아마도 보니의 7년은 내 상상과 다를 것이다. 보니에게는 내가 모르는 다른 일들도 있었을 것이다. 하지만 상상하지 않는 것보다는 상상해보는 것이 훨씬 낫다는 게 내 입장이다. 아마 그래서 내가 지금도 소설을 쓰고 있는 거겠지.

나는 상실에 대해 직접 들려주는 이야기보다 상실을 상상하게 하는 이야기가 더 좋다. 무언가를 잃어버리고 있는 사람의 이야기보다 이미 많은 걸 잃어버린 사람의 이야기에 매혹된다. 잃어버린 게 무엇인지 정확하게 짚어주는 이야기보다 잃어버린 게 무엇인지 정확하게 알 수 없는 이야기가 더 마음에 든다. 이야기 속에 커다란 구멍이 들어 있는 게 좋다. 매력적인 이야기들에는 대체로 커다란 구멍이 들어 있다. 「뚱보」에도 〈길버트 그레이프〉에도 커다란 시간의 구멍이 들어 있다. 우리는 구멍을 보는 순간 본능적으로 메우고 싶어진다. 메울 수 없다는 걸 알면서도 구멍의 넓이와 깊이를 가늠해본다.

인간은 결국 시간 속에서 소멸해가는, 스스로를 상실해가는 존재들이다. 우리의 몸은 소멸의 징후를 그대로 보여주는 좋은 전광판인 셈이다. 나이가 들면 뼈는 삐걱거리고, 어디선가 시간의 살덩이가 날아와서 몸에 덕지덕지 달라붙고, 머리카락은 하얗게 변한다. 시간이 갈수록 몸을 더 자세하게 들여다보게 된다. 전혀 다른 맥락일지도 모르지만, 레이먼드 카버의 「뚱보」 마지막 단락을 인용하며 이 글을 끝내고 싶다. "뭘 기다리는 걸까. 난 알고 싶다. 8월이다. 내 인생은 변할 것이다. 나는 그것을 느낀다."

그녀의 희고 아름다운 종아리

종아리는 어째서 종아리일까. 종아리라고 발음할 때마다, 종아리라는 말을 들을 때마다, 종아리는 어째서 종아리일지 궁금하다. 알고 있는 말 같은데 발음하면 낯설어진다. 입이 동그랗게 모였다가 벌어졌다가 혀끝이 종아리를 흘려보낸다. 종아리, 종아리, 종아리, 단어는 계속 흐른다. 채호기 시인의 시 「얼음」의 한 대목. "물은 중얼거림이고, 얼음은 침묵이다. 단어는 얼음이고, 말은 물이다." 종아리라고 말할 때마다 종아리가 녹아서 펄떡거린다. 종아리라고 발음할 때마다 동그란 열매 같은 걸 떠올린다. 종아리의 '종'은 망울을 뜻하는 '종'일지도 모르겠다. 마늘 위로 치솟은 '마늘종'처럼 종아리는 몸의 가장 아래쪽에 매달린 인간의 열매일지도 모르겠다. 다리의 옛말이 '아리'니까 다리에 매달린 열매, 동그랗고 탐스러운 인간의 열매가 종아리다. 아니다. 종아리는 뜻이 없어도 좋다. 종아리라고 발음하면 종아리가 드러난다. 유하 시인은 "구릿빛 종아리"를 노래했다. 장정일 시인은 "홀린 듯 끌린 듯이 따라갔네/그녀의 희고 아름다운 다리를"이라고 썼지만 나는 다리를 종아리로 고쳐 읽는다. 종아리가 없다면 다리는 다리가 되지 못한다. 종아리라는 열매가 없다면 다리는 팔과 다르지 않을 것이다. 종아리는 인간의 몸 중에 가장 아름다운 곳이다.

종아리는 나의 다리와 땅이 만나는 접점이라는 생각도 든다. 발로 땅을 딛지만 경계는 종아리다. 땅을 딛는 나의 힘과 나를 밀어내는 땅의 힘이 종아리에서 맞붙는다. 단단한 종아리에서 팽팽한 힘이 균형을 찾는다. 아이들이 잘못했을 때 어른들이 아이들의 종아리를 걷게 한 것도 어쩌면 그런 이유 때문일지도 모른다. 땅을 딛고 똑바로 서 있으라고, 열매를 맺으려면 고통이 뒤따른다고. 물론 그런 거창한 이유보다는 가장 쉽게 때릴 수 있고 가장 빨리 아무는 부위가 종아리라는 것이 더 중요한 이유였을지도 모르겠다. 야 허벅지 걷어, 이건 좀 시간이 많이 걸리니까. 스키니진이라도 입었다면 걷기도 좀 불편할 테니까.

종아리를 의미 있게 다룬 최고의 영화로 〈그래비티〉를 들고 싶다. 나는 영화 〈그래비티〉를 '(허벅지와) 종아리에 대한 고찰'로 보았다. 〈그래비티〉에서는 종아리가 자주 등장하지 않지만 종아리가 드러나는 장면은 놀랍도록 선명하고 감동적이다.

〈그래비티〉는 영화가 시작되고 30분이 넘도록 얼굴 외에는 인간의 살을 보여주지 않는다. 당연하다. 영화의 주무대는 지구가 아니라 외계니까, 중력이 작동하지 않는 우주니까, 살을 보여줄 수 없다. 보기만 해도 엄청난 무게가 느껴지는(우주니까 무게를 느끼지는 못하겠지만) 우주복으로 몸을 꽁꽁 둘러싼 채 우주를 떠다니며 두 사람은 계속 이야기만 한다. 맷 코왈스키(조지 클루니)는 라이언 스톤(샌드라 불럭)에게 눈 색깔에 대한 농담만 한다. 보이는 게 눈밖에 없으니 어쩔 수 없다.

본격적으로 몸이 등장하는 것은 영화가 시작된 지 40분쯤 지나서다. 맷 코왈스키를 우주로 떠나보낸 라이언 스톤은 산소가 완전히 바닥나기 직전, 가까스로 우주정거장에 들어간다. 산소를 폐 속으로 가득 몰아넣은 라이언 스톤은 갑갑한 우주복을 하나씩 벗어던진다. 티셔츠와 팬티만 남았을 때 라이언 스톤은 마치 자궁 속의 태아처럼 몸을 웅크린다. 우주선 내부의 연결선들은 탯줄처럼 그녀를 둘러싸고 있다. 이 장면에 대해서는 여러 가지 말을 많이 들었다. 한 소설가 선배는 '섀

드라 불럭의 팬티가 너무 커서 실망이었다, 티팬티 정도는 입어줬어야……'라는 농담을 했고(농담이 아닐지도 모른다고 생각했다), 한 후배는 '우주복 안에 저런 팬티를 입고 있으면 몹시 답답할 것 같다. 트렁크를 입는 게 낫지 않을까' 같은 아저씨스러운 의견을 내놓았고, 어떤 전문가는 '우주복 안에선 기저귀 같은 팬티를 착용한다'는 지적을 하기도 했다. 아무래도 그 장면에서는 누구라도 팬티를 보게 되어 있는 모양이다. 40분 동안 몸을 꽁꽁 싸맸던 '샌드라 불럭'이 드디어 옷을 벗었으니 팬티에 집중할 수밖에 없을 것이다. 나도 우선 팬티를 보았다. 그리고 당연히 팬티 아래의 허벅지와 종아리를 보았다. 나는 라이언 스톤의 허벅지와 종아리를 보는 순간 눈물이 날 것 같았다. 어째서 그랬을까. 허벅지와 종아리를 보는데 왜 울음이 나려고 했을까.

샌드라 불럭의 허벅지와 종아리는 탄탄했다. 할리우드의 여배우라면 그 정도의 몸 관리는 기본이 아닌가 생각하면 그만이었다. 하지만 나는 그 허벅지와 종아리를 샌드라 불럭의 것이 아닌 라이언 스톤의 것으로 보고 말았다. 라이언 스톤은 사고로 딸을 잃었다. '딸이 죽은 뒤 자신의 삶은 아주 간단했다'고 라이언 스톤은 맷 코왈스키에게 말했다. "사고 전화를 운전중에 받았어요. 그후론 그냥 그렇게 살았어요. 일어나서 일하러 가고 그리고 그냥 운전했어요."

나는 라이언 스톤의 이야기와 라이언 스톤의 종아리 사이에서 미묘한 어긋남을 발견한 것 같았다. 일어나서 일하러 가고, 계속 운전만 했던 사람의 종아리가 저럴 수 있을까. 저렇게 단단한 돌 같을 수 있을까. 남편을 잃은, 길버트 그레이프의 엄마인 보니 그레이프처럼 엄청난 뚱보가 되었다면, 혹은 아무것도 먹지 못하여 빼짝 마른 몸이 되었다면 쉽게 이해했을 것이다. 짧은 순간 나는 라이언 스톤의 생활을 상상했다. 그녀가 맷 코왈스키에게 말하지 않은, 딸을 잃은 그녀의 반복적인 생활을 상상했다.

그녀는 운전만 하지는 않았을 것이다. 근무가 없는 어떤 날은 딸을 생각하며 하루종일 걸었을지도 모른다. 지저분하게 땋아올린 갈색머리의 딸을 생각하며, 침대 밑에서 발견한 빨간색 운동화를 떠올리며 걷고 또 걷다가 집을 지나쳤을지도 모른다. 어떤 날은 피트니스 센터에 가서 달리기를 했을지도 모른다. 생각을 조금이라도 지우고 싶어서, 자책을 그만두고 어떻게든 이겨내고 싶어서 몇 시간 동안 달렸을지도 모른다. 러닝머신에서 달리다 속도를 이기지 못하고 뒤로 미끄러졌을지도 모른다. 그러다 문득 울음을 터뜨렸을지도 모른다. 아니 어쩌면 연구소에서 일하는 동안 사람들을 만나고 싶지 않아서 엘리베이터 대신 계단을 이용했는지도 모른다.

어처구니없는 사고로 딸을 잃었고, 몇 분 전에는 자신의 목숨까지 잃을 뻔했던 라이언 스톤의 벗은 몸이 너무나 탄탄해서 나는 슬펐다. '미스캐스트 종아리였어'라고 간단하게 넘어갈 수도 있겠지만 나는 그 몸을, 종아리를 이해하고 싶었다. 무리한 상상을 동원해서라도 상실을 이겨내려는 종아리의 근육을 이해하고 싶었다. 살아남기 위해 우주정거장의 구조물들을 꼭 붙들었던 그녀의 손아귀 힘을 이해하듯이 딸을 잃고 무너지려는 마음을 어떻게든 버텨내려는 종아리를 응원하고 싶었다.

잃어버린 것을 애도하기 위해서는, 잃어버린 것의 이름을 제대로 부를 수 있을 때까지는 많은 시간이 필요하다. 딸의 이름이 '세라'인 것은 영화 막바지에 밝혀진다. 라이언 스톤은 그 먼 우주에 가서 딸의 이름을 부르고 돌아온다. 많은 시간을 보낸 후에야 그 이름을 부를 수 있었다. 지구로 돌아온 라이언 스톤은 영화의 마지막 장면에서 두 종아리로 우뚝 선다. 그녀는 반복되는 시간을 살아가겠지만 삶의 의미는 이전과 많이 다를 것이다.

나의 발 연기

세대를 일컫는 여러 종류의 말이 있다. X나 Y 같은 알파벳을 사용하기도 하고, '88만원 세대'처럼 구체적인 액수를 쓰기도 하고, '인터넷 세대'처럼 새로운 문물의 이름을 빌려오기도 한다. 참으로 복잡하고 다양한 세대가 함께 살고 있는 셈이다. '너는 무슨 세대니?'라고 나에게(아무도 안 물어봐서 내가 직접) 물어본다면 '스니커 제너레이션Sneaker Generation'이라 대답할 것이다(이러면서 괜히 새로운 단어 하나 만들어낸다). 나에게 스니커는, 정확히 말해 운동화는, 계급을 나누는 지표였고 정체성을 드러내는 상징이었으며 앞으로도 버리기 힘들 것 같은 라이프 스타일이다.

지금은 나이키며 아디다스며 뉴발란스 같은 신발들을 누구나 신고 다니지만, 예전에는 그렇지 않았다. 특히 지방의 소도시에서는 신발이 계급이었다. 나이키나 아디다스를 신지 못하는 아이들은 하얀색 실내화에다 나이키와 아디다스 로고를 그려넣으며, 뜻하지 않게 미술 실력만 키워갔다. 내가 그랬다. 나이키 로고의 곡선은 지금도 눈감고 그릴 수 있다. 아디다스나 프로스펙스나 푸마 역시 로고가 선명하게 기억난다(신발 회사 덕분에 그림을 잘 그릴 수 있게 됐는지도 모른다. 무척 감사하다).

고등학생이 되어서야 비교적 비싼 신발을 신어볼 수 있었는데, 지금도 그때의 쿠션 감동이 '스리 쿠션'으로 느껴지는 것 같다. 딱딱한 시멘트 바닥으로부터 내 발을 지켜주고야 말겠다는 듯 고무 밑창은 폭신했다. 내 발이 뒤틀리는 걸 막아주겠다는 듯 갑피는 견고했다. 한 발 디딜 때마다 하늘로 날아오를 수 있을 것 같았고, 운동화 끈만 꽉 묶으면 더 빨리 달릴 수 있을 것 같았다. '스니커 제너레이션'의 우상인 마이클 조던의 전성기가 시작되던 1985년 무렵부터 그의 이름을 딴 신발들이 쏟아져나오면서, 우리 세대가 본격적인 궤도에 올라섰다. 우리는 새로운 운동화와 함께 성장해왔고, 더 나은 기술력으로 중무장한 운동화와 함께 더 나은 세상에서 살고 있는 것 같은 착각을 느끼며 살아왔다.

신발 이야기를 꺼낼 때마다 부끄러운 기억이 하나 떠오른다. 초등학생 때였을 것이다. 형편이 넉넉하지 않았던 어머니는 시장에서 운동화를 사주었다. 이름도 없는, 그나마도 외국 브랜드의 디자인을 모방한 운동화였다. 나는 학교에 갈 때마다 그 신발이 부끄러웠다. 밑창도 튼튼하고 신발끈도 하얀 새것이었는데, 어쩐지 계속 부끄러웠다. 신발이 부끄러운 것인데 이상하게 발가락이 간질간질거리는 느낌이 들기도 했고, 발가락이 화끈거리는 것 같기도 했다. 어느 날 어머니는 형에게 좀더 좋은 신발을 사주었고, 나는 급기야 (지금 생각하면 정말 어렸지) 신발이 찢어지면 좋은 신발을 사줄지도 모른다는 생각을 하기에 이르렀다. 나는 신발에다 칼로 흠집을 냈다. 어디엔가 걸려서 찢어진 것처럼 보이고 싶었다. 어머니는 (나의 계략을 눈치챘으면서도) 결국 새 신발을 사주셨다. 더 좋은 신발을 사주셨는지, 아니면 똑같은 신발을 또 사주셨는지는 기억나지 않는다. 수십 년이 지난 지금 내가 기억하는 것은 신발에다 칼로 흠집을 내고 있는 한 아이의 표정이다. 그건 내 얼굴의 표정이었으니 내가 직접 볼 수 있는 게 아니었는데, 이상하게 자꾸 그 표정이 생각난다. 그 표정이 떠오르면 나는 부끄러워진다.

영화 〈천국의 아이들〉을 보다가 대성통곡한 것은 그때의 내 표정이 자꾸 생각나서였을 것이다. 그렇게 자주 발을 비추는 영화는 처음 보았다. 그렇게 다양한 신발이 등장하는 영화도 처음이었다. 내 마음 뜨끔하라고 계속 발과 신발만 비추는 것 같았다(못된 사람들 같으니라고).

영화의 줄거리는 이렇다. 초등학생 알리는 어느 날 엄마의 심부름을 갔다가 금방 수선한 여동생 자라의 신발을 잃어버린다. 하나뿐인 여동생의 신발을 잃어버렸지만 부모님께 말하지는 못한다. 가난하니까 신발 살 여유가 없다. 둘은 교대로 신발을 신기로 한다. 이어달리기 바통을 건네듯 오전 수업이 끝나면 동생이 오빠에게 신발을 건넨다. 내 마음을 찢어놓았던 장면은 오빠의 신발을 신고 학교에 간 여동생 자라가 부끄러워서 계속 발을 숨길 때였다. 낡고 큰 오빠의 운동화를 숨기기 위해 쭈뼛거리는 자라의 (진정한) '발 연기'가 지금도 선명하다. 이 장면말고도 가슴 찢는 대목이 한두 군데가 아니다. 알리는 학교에서 벌어지는 마라톤 대회 3등 상품이 운동화인 것을 보고, 참가하기로 마음먹는다. 여동생에게 신발을 선물하기 위해 열심히 달린 알리는…… 아, 더 나가면 스포일러겠다.

(누구나 그런지는 모르겠지만) 나는 내 발이 좀 어색하다. 오빠의 신발을 신은 자라처럼 자꾸만 내 발을 감추려고 하는 경향이 있다. 신발을 벗는 식당에 들어갈 때마다 조금 쭈뼛거리게

되고, 기차나 버스에서 신발 벗는 아저씨들을 절대 이해하지 못하며, 신발 가게에서 점원이 끈을 묶어줄 때마다 송구스러워서 발가락이 움츠러들며, 큰맘 먹고 가보았던 발 마사지 가게는 평생 다시 가지 않을 생각이다. 왜 그럴까. 왜 자꾸만 발이 부끄러울까.

이언 매큐언의 소설 『속죄』한정아 옮김, 문학동네, 2003에는 주인공 로비와 세실리아가 하나의 상황을 다르게 생각하는 대목이 나온다. 세실리아의 집으로 들어서던 로비가 갑자기 신발과 양말을 벗더니 성큼성큼 걷는다. 세실리아는 로비가 자신과 거리를 두기 위해 익살스러운 행동을 한다고 추측하지만, 실상 로비는 양말에 구멍이 난데다 냄새도 심하게 날 것을 두려워했던 것이다. 어쩌면 내가 발을 부끄러워하게 된 것은 기억 저편의 어떤 일 때문이 아니었을까. 기억나지 않는다.

40년 넘게 나와 함께 지내온 신체 중에서 가장 어색한 것이 발이다. 책상에 다리를 올린 채 발가락을 꼼지락거리다보면 저 발이 과연 내 것인가 싶을 정도로 낯설게 느껴질 때가 많다. (어쩌면 큰 키 때문에 뇌와 발가락의 거리가 멀어서 그런 것인지도 모른다, 고 막 추측해본다.)

어릴 때부터 맨발로 지냈다면 지금의 발 부끄러움증이 조금 달라졌을지 모르겠다는 생각도 든다. 이론적으로 보자면 인간에게는 신발이 필요 없다. 에드워드 테너의 『사물의 역습』장희재 옮김, 오늘의책, 2013에는 이런 근거가 여러 개 등장한다. 1980년대 후반 생체역학의 선구자인 R. 맥닐 알렉산더는 인간의 몸이 탄성에너지를 저장했다가 방출하며 움직인다는 것을 확인했다. 힘줄이 반동을 통해 93퍼센트의 에너지를 다시 돌려주며, 발바닥 아치가 처음 가해진 힘의 78퍼센트를 돌려주는 것을 발견했지만 대부분의 운동화들은 받은 힘 중에서 55~65퍼센트만 되돌려준다는 것이다. 그럼에도 운동화가 필요한 것은 우리가 딛는 바닥 때문이다. 인간이 만들어낸 수많은 유해물질과 시설물들 때문에 보호 장비가 필요해진 것이다.

책에는 또다른 연구 결과도 나온다. 진화된 운동화의 부드러운 쿠션이 오히려 쉽게 균형을 잃는 이유가 된다는 것이다. 가장 저렴한 신발을 신은 이들보다 가장 비싼 신발을 신은 이들이 달리기에서 부상을 입을 확률이 123퍼센트 더 높으며, 밑창이 부드러울수록 달리기 주자는 땅을 더 세게 디딘다는 것이다. 우리가 발보다 신발을 믿는 순간, 발에는 치명적인 충격이 올 수 있다.

'스니커 제너레이션'인 나는, 구두보다 운동화가 편하며 격식보다 실리가 중요하다. 어쩔 수 없이 신발을 신어야 한다면 운동화를 신을 수밖에 없다. 언제부턴가 그렇게 살고 있다. 요즘은 가끔 편한 신발에 대한 불안함이 생기는 것도 사실이다. 이렇게 마냥 편한 게 과연 좋은 것일까. 쿠션 속에 발을 감추고 사는 게 나은 것일까. 나는 쿠션을 마냥 믿고 있는 것은 아닐까. 부드러운 게 나를 망치고 있는 것은 아닐까. 신발보다는 내 발을 더 신뢰하고 싶다는 생각을 요즘 자주 한다.

아직도 주먹이 얼얼하다

극장에서 영화를 보는 게 점점 힘들어진다. 2시간 넘게 영화를 보고 밖으로 나오면 몸과 마음이 쓰레기통의 종이 뭉치처럼 꾸깃꾸깃 뭉쳐져 있다. 다림질을 해서 빳빳하게 펴면 좋겠지만 쉬운 일이 아니다. 오랜 시간 다림질을 해야 겨우 주름이 없어진다. 아무리 다려도 완전히 펴지지 않는 부분도 있다. 전에는 이렇지 않았다. 이 정도로 몸이 힘들진 않았다. 이유가 뭘까. 영화의 기술이 발달하여 감정이입이 훨씬 쉬워진 것일까? 아니면 내가 감정이입을 더 잘하게 된 것일까? 아니면 영화의 러닝타임이 점점 길어진 탓일까? 아니면 팝콘 냄새가 점점 이상해지기 때문일까? 아니면 내가 나이든 탓일까? 모르겠다. 이유는 한 가지가 아닐 것이다.

철학자 칼 포퍼는 "사람이 새로운 이해를 얻을 수 있는 가장 유용한 방법은 공감적인 직관, 혹은 감정이입입이다. 그것은 문제 속으로 들어가서 그 문제의 일부가 되어버리는 것이다"라고 했다. 나 들으라고 한 말 같은데, 칼 포퍼 아저씨, 이게 말처럼 간단한 문제가 아니라고요. 몸이 이렇게 너덜너덜해지면서까지 타인의 감정에 이입해야만 하는 겁니까? 그 말은 마치 매트릭스 속으로 들어가서 매트릭스의 일부가 되어 매트릭스를 내파하는 키아누 리브스가 되라는 건데, 그런 능력을 아무나 가질 수 있는 게 아니잖습니까.

이렇게 엄살을 떨지만 내 직업이 '감정이입 전문가'인 것은 맞다. 소설쓰기란 타인의 마음속으로 들어가야 하는 작업이다. 밖에서 문을 두드리고, 창문으로 안을 엿보고, 문을 열어주지 않으면 문을 부수고서라도 타인의 마음속으로 들어가야 하는 작업이다. 그런 일을 여러 번 반복하다보면 능숙한 전문가가 될 것 같지만 실상은 그렇지 않다. 사람 마음의 구조는 모두 달라서 들어갈 때마다 매번 애를 먹는다. 마음으로 들어갈 때 준비해야 할 작업 도구에 대해서는 잘 알지만 들어가는 방법은 늘 모른다. 소설의 경우와 달리 영화는 단번에 주인공의 심장으로 진입한다. 표정 하나와 동작 하나에 쉽게 감정이

입된다. 시각은 활자보다 간편하고 능률적이다. 수백 개의 열쇠가 달린 열쇠 꾸러미를 들고 하나씩 자물쇠에 맞춰보는 게 소설이라면, 곧장 마음의 문을 부수고 들어가는 게 영화일 것이다.

예전에는 주인공이 감정의 파도를 뚫고 지나가는 영화를 보고 났을 때만 몸이 아팠다. 함께 겪고, 함께 고민하고, 함께 선택하고, 함께 울었으니 몸이 힘든 게 당연했다. 마음이 아프면 몸도 힘들다. 언제부턴가 유쾌한 오락 영화를 보고 난 후에도 몸이 아프기 시작했다. 극장을 나설 때면 온몸에 힘이 하나도 남아 있지 않고 뼈마디가 쑤셨다. 감정에 초점을 맞춘 영화를 보고 난 후의 통증이 몸살 같은 것이라면, 오락 영화를 보고 난 후의 통증은 피로감과 비슷했다. 슈퍼맨과 함께 우주를 날고, 스파이더맨과 함께 건물과 건물 사이를 건너뛰고, 캡틴 아메리카와 함께 적을 때려 부쉈으니 피곤한 게 당연하다. 감정이입이 아닌 '감정과 행동 이입'인 셈이다. 내 엉덩이는 분명 의자에 붙어 있는데, 내 팔과 다리는 스크린 속으로 들어가서 주인공과 함께 적을 물리치고 있는 듯했다. 기이한 경험이다. 몸이 한없이 늘어나는 기분이고, 몸이 분리되는 기분이고, 감각이 쪼개졌다가 스크린 속에서 합쳐지는 기분이다. 이거 원, 4D 영화도 아닌데 이렇게 관람이 힘들어서야…… 극장 가기가 점점 겁이 난다.

초등학교 4학년 무렵 비슷한 경험을 한 적이 있다. 무단횡단을 하다가 내리막길을 급히 내려오던 자전거에 부딪혔다. 왼다리를 크게 다쳤다. 병원으로 실려갔을 때의 공포가 지금도 생생하다. 병실 천장에 달린 환한 등이 지금도 보이는 것 같다. 어떤 시술의 일환이었는지는 모르겠지만(아마도 다리뼈를 다시 맞추기 위해서였을 것이다) 의사가 내 다리를 붙들고 잡아당기기 시작했다. 그때 내 키는 겨우 150센티미터 남짓이었을 텐데 한 5미터는 되는 것처럼 느껴졌다. 내 몸은 한없이 길어졌고, 내 다리가 있는 곳은 (조금 과장하자면) 건물 바깥인 것 같았다. 그때의 통증에 대해 얘기할 때마다 나는 과장법을 쓰게 된다. 정말이지 말도 못하게, 죽을 만큼 아팠다, 라고 써도 그때의 고통을 다 표현할 수는 없다. 고통은 언어의 바깥에 있다. 단어의 너머에 있다. 그때 내가 내뱉은 말은 "내 다리 내놔"가 전부였다. 어머니의 증언에 따르면 "의사를 죽여버릴 것처럼 소리를 질렀"고, 잃어버린 다리를 찾아 구천을 떠도는 귀신보다도 서럽게 울부짖었다고 한다. 내 목소리를 녹음해서 〈전설의 고향〉에 써도 될 정도였다고 한다. 누군가 멀고먼 건물 바깥에서 내 다리를 끌어당기고 있는 것 같았다.

초기 인류는 '몸은 그보다 더 중요한 영혼을 담는 비효율적인 용기'로 여겼다. '몸은 그 안에 사람이 들어 있기 때문에 조심스럽게 다뤄야 한다'고도 생각했다. 단단하게 고정된 몸이 부서지기 쉬운 영혼을 보호한다는 생각은 오랫동안 계속됐지만 현대 과학자들은 사람의 뇌가 몸을 허구적으로 구성한다는 걸 알아냈다. 어떤 실험으로 우리의 코가 저 먼 곳에 있는 것처럼 느낄 수도 있으며, 책상이 우리 손인 것처럼 감각할 수도 있다. 인간은 외부의 어떤 것(사람이나 사물)에 감정이입함으로써 실제로 아플 수 있다는 걸 발견했다. 책상이 자신의 손인 것처럼 감각하는 사람은 책상을 내려칠 때 함께 아프다. 어떤 사람은 자동차 등이 깨질 때 함께 마음의 등 하나가 깨진다. 누군가와 깊은 사랑에 빠졌을 때 고통을 함께 느끼는 것도 이런 맥락이다(〈다모〉에 나왔던 "아프냐? 나도 아프다"라는 대사는 얼마나 과학적인 표현이었던가). 우리의 신체는 뇌에 의해 확장될 수 있고, 확장된 것처럼 감각할 수 있다. 몸은 감각을 가둘 수 없다.

영화를 볼 때 이와 비슷한 일이 일어난다. 인간은 시각적으로 쉽게 현혹되는 동물이다. 간단하게 착각하고, 단순하게 몰입한다. 눈앞에 보이는 것이 가짜라는 것을 알고 있는데도 감각은 몸을 벗어나 스크린으로 뛰어든다.

육체적 감정이입의 고통에는 두 종류가 있을 것이다. 스포츠 영화(특히 권투 영화)나 액션 영화를 볼 때처럼 온몸이 부딪치는 장면에서 함께 이를 악다물고 싸우게 되는 감정이입이 있을 것이고, 하드고어 영화나 재난 영화를 볼 때처럼 주인공의 신체가 훼손되는 데서 오는 고통스러운 감정이입이 있을 것이다. 하나는 함께 부수는 것이고, 하나는 함께 훼손되는 것이다. 둘 다 고통스럽다. 그런 의미에서 자크 오디아르 감독의 〈러스트 앤 본〉은 두 가지 고통이 함께 곁들여진, 완벽한 '고통 영화'라 할 만하다. 〈러스트 앤 본〉의 마지막 장면은 두 번 보기 힘들다. 세월호 침몰 사건 이후라면 더더욱 그렇다. 자꾸만 어떤 일을 상상하게 되고, 고통에 감정이입하게 되어서 몸이 힘들다. 마지막 장면을 최대한 늦게 말하고 싶어서 나는 자꾸만 글의 결말을 미루고 있는 것 같다. 나는 〈러스트 앤 본〉을 보고 라마찬드란 박사의 '가상현실 상자'를 떠올렸다.

인간은 후각 자극보다 시각 자극에 열 배 이상 예민하다. 눈으로 보이는 것이 무엇인지는 물어볼 수 있지만, 냄새의 정체를 질문하기란 쉽지 않다. "저게 뭐야?"라고 손가락으로 가리키며 물어볼 수 있지만 "이 미묘한 냄새의 정체가 뭐야?"라고 묻기 힘들다. "무슨 냄새 말하는 거야? 말로 설명해봐"라고 되묻기라도 하면 도대체 뭐라고 대답하나. "여기 이 냄새 말이야, 사하라사막의 흙냄새를 닮은 듯하고, 아마존 밀림의 나무

아래에서 나는 풀냄새 같기도 한, 바로 이 냄새 말이야" 같은 헛소리를 할 수밖에 없다(어쩐지 사기꾼의 말투 같다). 시각을 언어화하는 건 비교적 간단한 일이지만, 후각을 언어화하기 위해서는 많은 경험과 섬세한 형용사가 필요하다. 언어화한다고 해도 제대로 전달되기 힘들다.

인간은 시각 자극에 민감하기 때문에 속이기도 쉽다. 프랑스 보르도 대학교에서 와인 양조학과 학생에게 시각과 후각에 대한 실험을 한 적이 있다. 첫번째로 내놓은 레드 와인과 화이트 와인은 정상적인 것이었다. 두번째로 내놓은 레드 와인과 화이트 와인에는 약간의 속임수를 썼다. 두 잔의 화이트 와인 중 하나에다 (향과 맛이 없는) 빨간 색소를 탔고, 학생들은 색소를 탄 화이트 와인을 레드 와인이라 굳게 믿었다. 이 레드 와인은 어쩌고저쩌고, 레드 와인만의 어쩌고저쩌고, 하며 첫번째 레드 와인과 비교까지 했다. 둘 다 화이트 와인이었다는 사실을 알게 된 학생들은 얼마나 절망스러웠을까. 시각의 차이가 후각의 차이를 압도한 사례라 할 수 있고, 거품으로 가득한 와인 시장을 마음껏 비웃는 실험이라 할 수도 있다. 수많은 마술의 트릭들도 마찬가지다. 인간은 자신이 보는 것을 믿지만, 우리는 모든 것을 볼 수 없으므로 쉽게 속을 수밖에 없다.

인간이 시각적으로 쉽게 현혹되는 동물이라는 사실은 역설적으로 '본다는 것'이 인간에게 얼마나 중요한 기능인지를 깨닫게 해준다. 인간은 눈앞의 것들을 자세히 보아야만 믿는다. 예수는 보지 않고 믿는 사람이 행복하다고 했지만, 보지 않고도 믿는 것은 '인간적'이지 않다. 못자국을 직접 보고, 못 자국에 손을 넣고 만져본 후에야 믿을 수 있는 게 인간이다. 인간의 두 눈이 앞쪽으로 몰려 있는 것은, 쉽게 현혹당하는 위험을 감수하고서라도 눈앞의 물체들을 더욱 자세히 보겠다는 의지 때문일지도 모른다. 그게 인간의 숭고함일 것이다.

초원에서 살아가는 동물들은 두 눈이 양쪽으로 벌어져 있어서 사방을 살핀다. 죽지 않기 위해서다. 귀상어의 경우 먹잇감을 쉽게 찾기 위해 전방을 향하는 두 눈이 넓게 벌어져 있고, 갑오징어는 두 눈이 큰 각도로 벌어져 있어서 세상을 파노라마로 보지만 갑작스러운 공격을 받으면 특별한 근육이 작동하여 두 눈이 앞으로 몰린다. 초원의 동물들이 수비형 눈이라면, 귀상어의 눈은 공격형이고, 갑오징어는 역습형 눈이라 할 수 있겠다. 그렇다면 인간의 두 눈은 관찰형일까?

우리는 눈이 두 개라서 눈앞의 물체를 자세히 살필 수 있고, 눈이 두 개라서 세상을 입체적으로 관찰할 수 있다. 세계적인 신경학자 올리버 색스는 입체시를 상실한 경험에 대해 이렇게 설명했다. "가까이에 있는 모든 것은 적절한 고체성과 공간과 깊이를 지니고 있었지만, 멀리 떨어진 모든 것은 완전히 평면적이고 단조롭다는 사실이었다. 열린 방문 너머로 반대편 병동의 문이 있었다. 그 너머에 휠체어를 탄 환자가 한 명 있었고, 그를 넘어서서 창턱에 꽃병이 하나 있었다. 그것 너머 길 저쪽 편에는 반대편 집의 박공이 있는 유리창이 보였다. 60미터 정도 안에 있던 이 모든 것은 팬케이크처럼 납작했으며 세련되게 칠해져 있고 세부가 장식되어 있지만, 완벽할 정도로 거대한 컬러사진 틀 안에 있었다."

영화와 사진과 그림과 소설과 시의 공통점은, 두 개의 눈으로 본 입체적 영상을 평면에다 구겨넣어야 한다는 것이다. 그런데 예술가가 입체적 현실을 평면으로 옮기는 순간 기묘한 일이 일어난다. 예술의 방식은 해석이 될 수도 있고, 번역이 될 수도 있고, 재현이 될 수도 있다. 어떤 방식이든 예술가의 입김이 현실에 닿는 순간 평면은 어마어마한 입체로 변한다. 그 입체는 현실보다 더욱 현실적이고, 현실의 입체보다 더욱 입체적이다. 예술은 인간의 감각을 확장하고, 인간의 눈을 두 개에서 네 개로 만들어준다. 3D 영화가 시시한 이유도 그 때문이다. 극장의 스크린은 이미 그 자체로 평면이 아니다. 스크린 너머에 3D 영상보다도 입체적인 공간이 끝도 없이 펼쳐져 있는데, 우스꽝스러운 안경을 쓰고 눈앞에 있는 듯한 사물에 손을 뻗는 건 얼마나 시시한 일인가.

1984년 필립 마르티네즈라는 사람은 오토바이를 타고 고속도로를 달리다가 중앙선을 넘어 다리 아래로 떨어지는 사고를 당했다. 정신을 차려보니 왼팔이 어깨 근처에서 찢어져 있었다. 마비 상태로 1년 넘게 '매달려 있던' 왼팔은 결국 절단할 수밖에 없었다. 그로부터 10년 후, 필립 마르티네즈는 뇌인지 연구소 소장인 라마찬드란 박사를 찾아가게 된다. 왼쪽 팔의 통증 때문이었다. 왼쪽 팔꿈치, 왼쪽 팔목, 왼쪽 손가락의 무시무시한 통증 때문에 제대로 된 생활을 할 수 없었다. 이른바 환지통이다. 라마찬드란 박사는 필립 마르티네즈를 위해 '가상현실 상자'라는 것을 만들었다. 상자에는 두 개의 구멍이 있다. 왼쪽 구멍에는 '환상 속의 왼팔'을 넣고, 오른쪽 구멍에는 오른팔을 넣게 된다. 상자의 가운데에는 거울이 놓여 있다. 오른팔이 거울에 비치면 사라졌던 왼팔이 보인다. 단순한 착시 효과일 뿐이지만 필립 마르티네즈는 거울에 비친 오른팔을 자신의 왼팔로 느낄 수 있었다. "오, 박사님, 세상에, 내 왼팔이 다시 붙어 있어요. 모든 것이 다시 움직이고 있습니다." 왼팔이 거기 있다는 걸 눈으로 본 순간, 통증이 사라졌다. 평면거울에 비친 상이 입체적인 왼팔로 살아났다. 어떤 환지통 환자는 절단한 손의 손톱이 계속 손바닥으로 파고들어가는 고통을 느낀다. 손을 펴고 싶지만 손이 없다. 그 환자 역시 가상현실 상자를 통해 보이지 않는 손을 펼 수 있었다. 오른손을 펴자 거울 속의 왼손도 펴졌다.

비교와 비유의 부정확함에서 비롯되는 위험함을 알고 있지만, 나는 라마찬드란 박사의 가상현실 상자가 예술의 다른 이름이라 생각한다. 예술의 작동 원리와 가상현실 상자의 작동 원리가 다르지 않다. 예술은 거울이 되어 현실을 되비춘다. 우리가 잊고 있던 것들, 고통스러워 잊으려고 했던 것들, 정체를 알 수 없지만 늘 거기에 숨어 있던 것들을 보여준다. 진통제나 마약으로는 통증을 이겨낼 수 없다. 우리가 통증을 이겨내기 위해서는 거기에 뭐가 있는지 두 눈으로 똑똑히 봐야 한다. 〈러스트 앤 본〉의 마지막 장면에서 호수에 빠진 아들을 구하기 위해 주인공은 꽁꽁 언 호수의 얼음을 주먹으로 내리친다. 얼음 너머로, 물밑으로, 아들의 붉은 외투가 보인다. 방법은 없다. 눈앞에 아이가 있다. 얼음이 부서질 때까지 내리쳐야 한다. 영화라는 거울을 보면서 나는 주인공과 함께 얼음을 내리쳤다. 간절한 마음으로 사력을 다해, 함께 얼음을 내리쳤다. 아직도 주먹이 얼얼하다.

팔짱의 의미

『씨네21』의 이다혜 기자는, 나와 함께 책 관련 팟캐스트에 출연한 자리에서 "어째서 김중혁 작가님은 책의 작가 사진을 찍을 때마다 매번 팔짱을 끼는 건가요?"라는 날카로운 질문을 던졌다. 그 얘기를 듣는 중에도 나는 팔짱을 끼고 있었으므로 이다혜씨의 눈을 보는 순간 뜨끔했다. 내가 그랬나? 그랬구나. 그동안 찍었던 사진들이 일렬로 눈앞을 스쳐갔다. 사진 속의 나는 대체로 팔짱을 끼고 있거나, 팔짱을 낀 채로 한 손을 들어올렸거나(말하자면 제임스 본드 스타일이랄까) 막 팔짱을 끼려던 찰나에 카메라에 찍혔거나, 팔짱을 못 끼게 하니 팔꿈치라도 만지작거리고 있었다. 어째서 그토록 팔짱이 편했던 것일까, 이다혜씨 눈치를 보며 슬며시 팔짱을 풀고 대답을 생각하는 사이, 이다혜씨가 대규모 2차 질문 공습을 감행해왔다. "여자들은 가슴을 크게 보이게 하기 위해서 남자 앞에서 팔짱을 낀다고도 하는데, 김중혁씨는 무엇을 위해 팔짱을 끼고 있는 겁니까?" 아, 나는 도대체 무엇을 위해 팔짱을 끼고 있었던 것일까.

카메라 앞에 서기만 하면 나는 도무지 팔을 가눌 수가 없다. 두 손을 가지런히 모으고 서 있는 것도 이상하고, 〈무한도전〉 자세를 취할 수도 없고, 한 손으로 브이자를 그리고 있자니 영 작가답지 못하고, 어쩔 줄 몰라 어영부영하고 있으면 사진작가 선생님은 그따위 자세를 취할 거면 촬영이고 뭐고 다 때려치우자는 눈빛으로 나를 쳐다보(는 것만 같)고, 땀을 삐질삐질 흘리다보면 어느새 촬영은 끝나 있다. 신기하게도 촬영이 끝날 때쯤이면 자세를 잡는 것에 조금 익숙해진다. 이젠 정말 좋은 자세를 취할 수 있을 것 같은데 촬영은 끝난다. 촬영 장비를 챙기고 떠나려는 사진작가 선생님을 붙잡을 용기가, 내게는 없다. 용기를 내어 붙잡았는데도 결과물이 신통치 않으면 용기는 만용이 되니까, 나는 사진작가 선생님을 떠나보내며 먼발치에서 손을 흔들며 안도의 한숨을 내쉰다. '아, 다음 책 낼 때는 작가 사진을 싣지 말아야지.' 뭐 이런 다짐을 하면서.

몸의 단서를 쫓는 책 『FBI 행동의 심리학』조 내버로·마빈 칼린스, 박정길 옮김, 리더스북, 2010에서는 팔짱을 두 종류로 나눈다. 단순하게 교차된 팔은 편안함을 느끼기 위한 자세다. 강연을 듣기 위해 앉은 청중이 팔짱을 끼는 것은 그 자세가 가장 편하기 때문이다. '흥, 그래 무슨 얘기 하나 들어나보자'라는 공격적인 몸의 언어가 아니라 '자, 이제 나는 들을 준비가 다 되었다'라는 중립적인 언어인 것이다. 하지만 팔짱을 낀 손에 힘이 들어가 있다면 이야기가 달라진다. 팔을 교차시키고 손으로 꽉 잡는 행동은 불편함을 드러내는 몸의 언어다. 앉아서 쿠션을 끌어안는 것 역시 불편함의 팔짱과 비슷한 몸의 언어다. 팔만 자세히 들여다봐도 그 사람의 심리 상태를 알 수 있다.

인간은 흥분하면 팔의 움직임이 거칠어진다. 중력의 영향을 받아 아래로 축 처진 팔을 어떻게든 위로 들어올리고 흔들고 싶은 에너지가 생긴다. 하루를 힘들게 마친 회사원들의 팔은 아래로 축 처져 있지만 승리를 거둔 사람들의 팔은 위로 뻗어 있다. 팔을 위로 뻗는다는 것은 중력에 대항할 만큼 힘이 넘친다는 것이다.

아이들은 화를 내거나 반항을 할 때 팔짱을 낀다. 혹은 두 팔로 몸을 감싼다. 어른스러워 보이고 싶을 때, 나를 한 명의 존재로 인식해달라고 항의하고 싶을 때 팔짱을 낀다. 영화

〈마이 걸〉의 포스터에서 매콜리 컬킨은 두 손을 가지런히 앞에 두고 있는 반면, 애너 클럼스키는 팔짱을 낀 채 카메라를 노려보고 있다. 두 아이의 성격을 보여주는 몸동작이다. 어른이 되면서 팔짱의 의미가 조금 달라진다. 팔짱을 낀 어른의 모습은 좀더 방어적으로 보이고 내성적으로 보인다.

이다혜 기자의 말에 따르면 연극배우 출신의 연기자들은 사진 찍는 것을 어색해한다고 한다. 다른 연기자들과 함께 서 있는 무대에 익숙하다보니 '단독 촬영'에 약한 것이다. 반면에 모델 출신의 연기자들은 사진 찍는 걸 어색해하지 않는다. 팔짱을 낀 자세로 영화 포스터를 찍은 '내성적인 배우'가 있을까? 생각이 잘 나지 않는다. 포스터가 영화를 완벽하게 설명해주는 것은 아니지만 포스터와 영화의 상관관계를 비교해보는 것도 재미난 일이다. 예를 들어 이창동 감독의 영화 포스터에는 감정의 극단을 통과하고 있는 주인공의 모습이 많이 등장하고, 홍상수 감독의 영화 포스터에는 주머니에 손을 찔러넣은 모습이 자주 보인다. 포스터는 가끔 영화를 선택하는 기준이 되기도 한다. 거대한 자연을 배경으로 주인공들의 얼굴만 등장하는 포스터의 영화들은 (내 경우엔) 대체로 재미가 없고, 눈만 커다랗게 부각된 공포 영화들은 (역시 내 경우엔) 일단 피하는 게 상책이다.

1천 건이 넘는 영화 포스터 중에는 팔짱을 끼고 있는 모습이 꽤 많았다. 〈반창꼬〉 포스터에는 “가슴이 커 보이려고 팔짱을 끼는 건가요?”라는 이다혜씨의 말을 그대로 전해주고 싶은 고수씨의 팔짱이 등장하고, 〈색계〉의 중국어권 포스터에서 양조위도 팔짱을 끼고 있다. ‘007 시리즈’ 숀 코네리와 로저 무어 역시 팔짱을 끼고 있다. 이건 논란의 여지가 있다. 팔짱을 끼고 있는 것인지 사격의 예비 동작인지 모호하다. 일단 나는 팔짱으로 간주했다. 007 영화의 포스터 속에는 제임스 본드와 함께 본드걸이 늘 벗은 몸으로 서 있는데, 숀 코네리와 로저 무어의 팔짱은 이렇게 말하고 있는 것 같다. ‘절대 포스터 속의 본드걸에게 먼저 치근덕거리지 않아요. 제 두 손을 좀 보세요.’ 최근의 007 시리즈 포스터에서는 이런 ‘신사 정신’이 사라진 것 같아 개인적으로 좀 아쉽기도 하다.

팔짱 포스터 중에서 가장 눈길을 끈 것은 휴 잭맨 주연의 〈리얼 스틸〉이었다. 〈울버린〉에서의 야수적인 팔동작과 달리 〈리얼 스틸〉의 휴 잭맨은 팔짱을 끼고 카메라를 응시하고 있다. 팔짱을 끼고 카메라를 응시하는 자세는 〈리얼 스틸〉의 영화 내용과도 맥이 닿아 있다. 한때 권투를 했지만 지금은 로봇 복싱으로 생계를 유지하고 있는 휴 잭맨의 삶을 포스터로 승화시키며 ‘강 건너 로봇 구경’ 아니 ‘링 건너 로봇 조종’의 삶을 팔짱으로 보여주는 것이다. 질문의 답을 완성해보자. 나는 왜 작가 사진을 찍을 때마다 팔짱을 끼는가. 의미 부여를 과도하게 한다면, 〈리얼 스틸〉 포스터의 휴 잭맨의 팔짱과 비슷할 수도 있겠다. 이 소설은 내 소설이고, 이 세계는 내가 만든 세계이지만, 소설 속의 이야기에 나는 책임이 없다. 나한테 문의하지 말아달라. 나는 여기서 손뗐고 나는 앞으로도 계속 '강 건너 불구경'하듯 팔짱을 끼고 있을 것이다. 팔을 걷어붙이고 나서는 일은 없을 것이다.

믿거나
말거나
인체사전

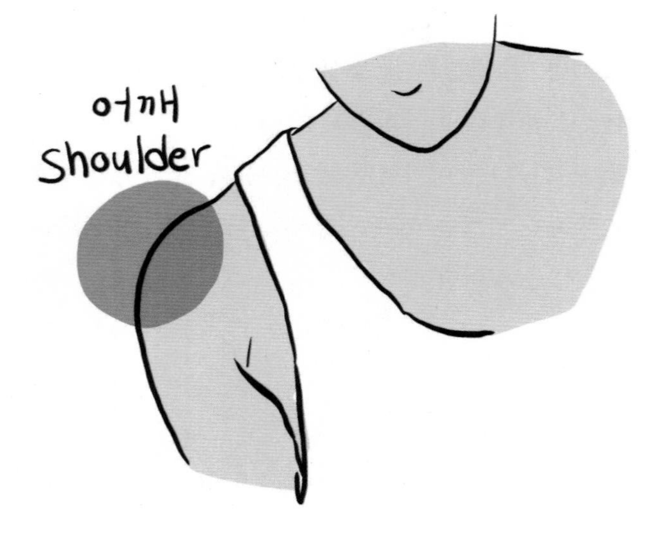
어깨
Shoulder

어깨

팔과 몸통 사이에 있는 부위를 일컫지만, 마흔 살 정도를 넘어서면 딱딱하게 굳기 시작해서 있는지 없는지도 잘 분간이 되지 않는 게 보통이며, 때때로 심하게 굳기도 하여 몸의 경직도를 판단할 수 있는 중요한 부위이다. 기분좋은 일이 생기면 이 부위를 들썩대며 기뻐하는 게 일반적이지만, 기뻐할 일이 점점 없어지면서 사람들의 이 부위 사용 시간도 점점 줄어들고 있다. 심한 스트레스를 받게 되었을 때는 '어깨가 무겁다'라는 표현을 사용한다.
이 부위를 개발하여 면적을 넓힌 사람에게는 '어깨 깡패'라는 별칭을 부여하며, 다른 폭력은 쓰지도 않은 채 이 부위만으로 사람들을 겁주는 부류의 사람들을 '어깨'라고 부른다.
신체의 중요한 부위이지만, 사람들은 별로 중요하게 생각하지 않는다. 일례로 사람들이 '머리 어깨 무릎 발 무릎 발'이라는 노래를 부를 때 신체의 특정 부위를 지목하게 돼 있으나, 머리와 무릎과 발은 정확하게 지칭하는 반면 어깨는 대충 훑고 지나가는 일이 잦다. 그만큼 간과하기 쉬운 부위라 할 수 있다.
인간에게 어깨 부위가 생긴 것은 서로 기대기 시작하면서부터다. 인간들이 서로에게 기대게 되면서 어깨가 발달하게 되었다. 현대에 들어서는 무릎과 함께 누군가를 위로하는 기능을 담당하는 신체 부위로 각광받고 있다. 누워야만 기대는 것이 가능한 무릎과는 달리 서서, 앉아서, 등을 대고서, 혹은 또다른 다양한 방식으로 상대방을 위로할 수 있는 간편한 부위로 현대인들의 사랑을 받고 있다.

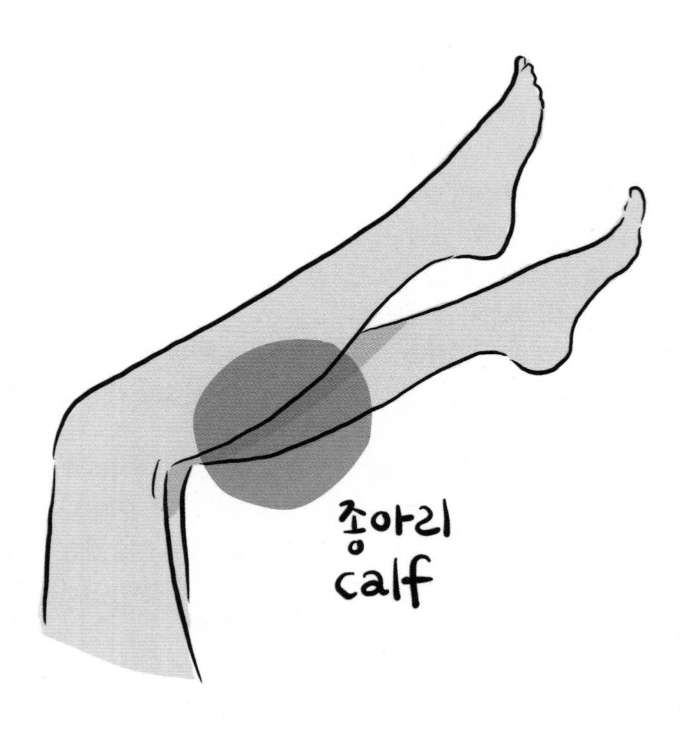
종아리
calf

종아리

무릎과 발목 사이의 다리 뒤쪽 부분을 가리키는 단어이며, 포유류인 인간의 몸에 유일하게 알이 꽉 차는 부위이기도 하다. 또한 인간이 설치류가 아닌데도 신체 중에서 종종 쥐가 출몰하는 지역이기도 하다. 잘못한 일이 있을 때 회초리로 종아리를 때리는 풍습은 종아리에 찬 알을 빼주어, 거만하거나 겉멋 들지 않도록 하려는 조상들의 지혜가 담긴 것이다. 종아리 뒤쪽의 살이 볼록한 부분을 장딴지라고 부르는데, 이는 '좋은 단지'라는 뜻으로, 조상들의 식문화를 엿볼 수 있는 부분이다. 무처럼 생긴 우리의 다리를 단지에 담긴 무에 비유함으로써, 무처럼 생긴 다리가 얼마나 소중한 것인지 일깨워준다. 최근 무분별한 다이어트로 인해 종아리를 가느다랗게 만드는 사람들이 많아진 탓에, 이는 더이상 장딴지라 부를 수 없게 되었다.

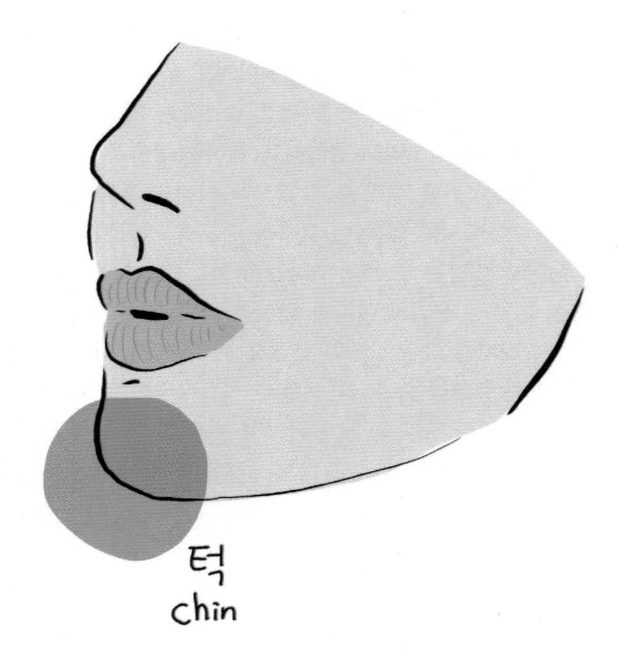
턱
chin

턱

얼굴의 일부로 입을 둘러싸고 있으며 위턱과 아래턱으로 구성돼 있다. 아름다운 것을 보고 숨이 막힐 때 '숨이 턱 막힌다'고 하는데, 이는 사람들이 감탄할 때 손으로 턱 주변을 만지기 때문에 비롯된 말이다. 상대방에게 위협을 가할 때 '그러다가 너 턱 돌아가는 수가 있다'는 표현을 쓰는데, 이는 실제로 턱을 회전시키겠다는 뜻이 아니라 턱을 유아기 상태로 돌아가게 만들겠다는 의지의 표현이다. 나이가 든 사람은 젊은 사람보다 하악골이 얇으며, 이가 빠질 경우 아래턱이 유아의 것과 가까운 모양으로 바뀌게 된다. 턱 돌아가는 수가 있다는 것은, '너의 아랫니를 모두 뽑히게 만들어서 너의 턱을 유아기 상태로 돌아가게 만들겠다'는 표현인 것이다.

몸의 일기 1

후—아—
어흐이~ 추워
추위에 약한 편이다.
그렇다고 더위에
강한가 하면,
그것도
아니다.
더워
더워
더워
더워
SUMMER
WINTER
여름이든 겨울이든
어느 한쪽은 적응이 쉽게
만들어줘야 하는 거
아닙니까?

계절을
선택할 수 있게
해 주거나……

아예
지구 전체를 후끈하게 만들어서
선택의 여지가 없게 하든가.

그래도 계절의 한가운데서
느끼는 이런 순간들 때문에
더위와 추위를
포기할 수 없지.

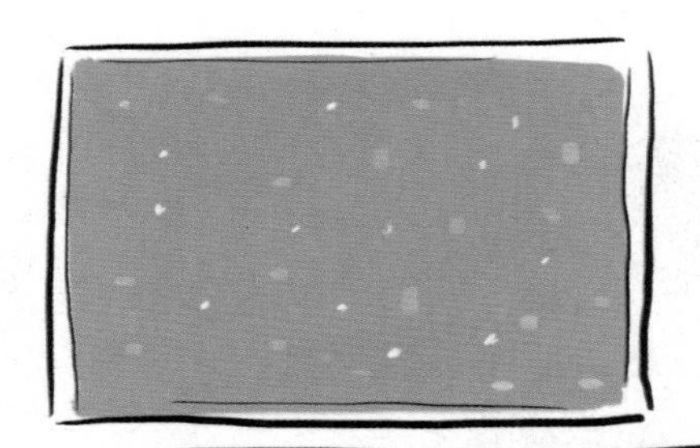

갑자기 눈이 내릴 때의
겨울.

이불 뒤집어 쓰고
(만화)책을 볼 때의 겨울.

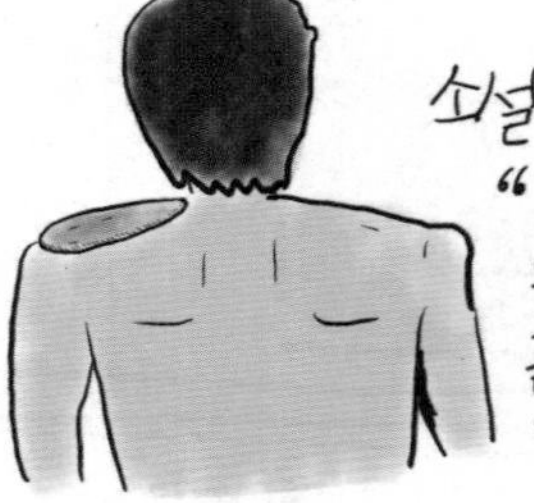

소설에 이런 문장을 쓴 적이 있다.
"나는 겨울잠을 자야 할 처지였다.
왼쪽 어깨는 화강암처럼 굳어 있어서
곧바로 잘라 내 비석으로 써도 될
정도였다."

생각해보니
잔인한 문장이었다.

아마도 이런 자세 때문이겠지.

아니면
이런 자세나 저런 자세……

책상 앞에 앉아서 뭔가를 만들어내야 하는
사람들의 숙명 같은 자세들이다.

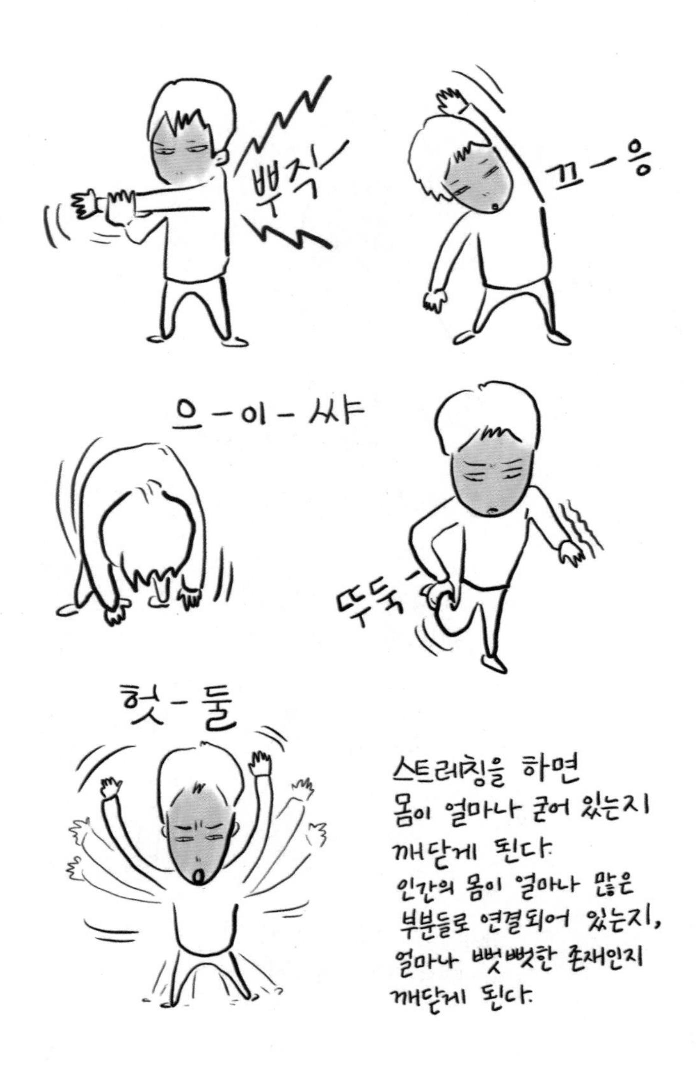
뿌직
끄-응
으-이-쌰
뚜둑-
헛-둘
스트레칭을 하면
몸이 얼마나 굳어 있는지
깨닫게 된다.
인간의 몸이 얼마나 많은
부분들로 연결되어 있는지,
얼마나 뻣뻣한 존재인지
깨닫게 된다.

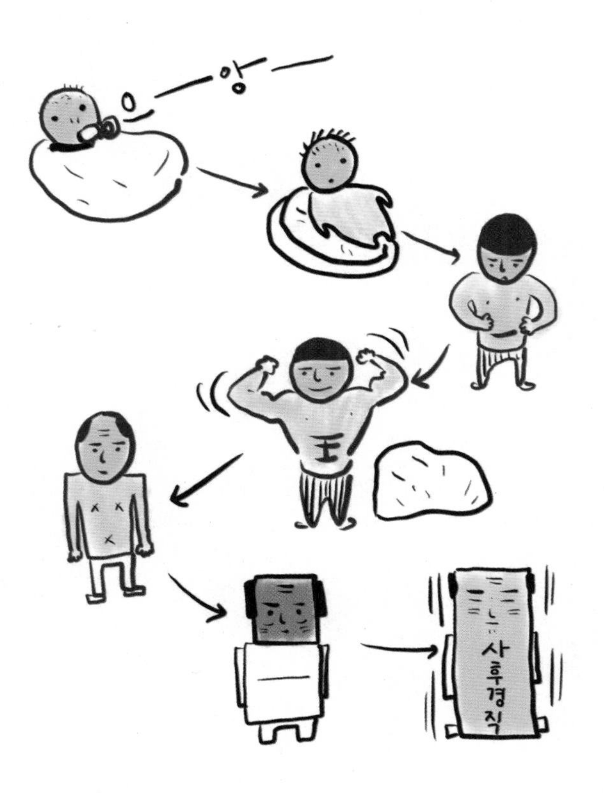

인간은 어쩌면 부드러운 존재로 태어나
점점 딱딱해지는 존재인지도 모르겠다.

END

2부

발뒤꿈치를 아름다운 용도로 사용한다는 것

입으로 쓰는 편지

영화 〈그녀〉를 보고 난 뒤에 '목소리가 몸이로구나'라는 생각이 떠올랐다. 영화에서는 단 한 번도 스칼렛 요한슨이 등장하지 않지만 목소리만으로도 그녀의 존재감은 압도적이다. 나는 영화를 보는 내내 스칼렛 요한슨의 얼굴과 몸을 떠올렸다. 나는 이미 스칼렛 요한슨을 잘 알고 있다. 그녀가 (피트 욘과 함께) 부르는 노래도 좋아했고, 몸에 착 달라붙는 검은색 슈트를 입고 적들과 싸우는 블랙 위도우 때도 좋아했고, 〈사랑도 통역이 되나요〉에서의 천진하고 귀여운 캐릭터도 좋아했으므로 그녀를 떠올리는 건 쉬웠다. 〈그녀〉를 보면서 스칼렛 요한슨의 몸과 얼굴을 계속 떠올리는 건 영화에 대한 예의가 아니지 싶다가도 스파이크 존즈 감독이 노린 게 그것일지 모른다는 생각도 들었다. 스칼렛 요한슨의 목소리가 곧 그녀의 몸이었다.

영화 〈그녀〉에는 '본다는 것'과 '듣는다는 것'의 의미를 묻는 설정이 무척 많다. 주인공 테오도르는 '아름다운 손편지 닷컴'의 편지 쓰는 직원이며 OS(운영체제) 사만다는 목소리로만 존재한다. 테오도르는 폰섹스를 통해 외로움을 달래고, OS 사만다와 사랑에 빠진 이후에는 단말기의 카메라를 통해 사만다에게 세상을 보여준다. 사만다는 남자친구 테오도르를 향해 자신이 만든 피아노곡을 들려주면서, 이 음악이 함께 사진을 찍을 수 없는 둘만을 위한 '사진'이 되길 바란다고 설명한다. 테오도르는 그 음악을 들으며 사만다의 모습을 본다. OS와 사랑에 빠진 인간에게 대리 섹스 서비스를 해주는 (이 영화의 가장 흥미로운 캐릭터인) 이사벨라는 말 한마디 없이 듣거나 보기만 한다. 서로를 바라보지 않고도 사랑에 빠질 수 있는 것일까, 이야기를 들려주는 것만으로도 사랑에 빠질 수 있는 것일까, 함께 같은 곳을 바라보는 것만으로도 사랑에 빠질 수 있는 것일까. 영화 속에서 이런 질문들이 끊임없이 이어지는 이유는 어쩌면 지금 우리에게 가장 본능적인 사랑의 욕구가 '바라보는 행위'에서 출발하기 때문일 것이다.

1968년 S. 라크먼과 R. J. 호지슨이라는 두 명의 연구자는 기이한 실험을 했다. 파블로프 실험으로 여자의 부츠에 대한 페티시를 만들 수 있는지 알아본 것이었다. 연구자들은 다섯 명의 남자에게 '음경측정장치'를 달았다. 연구진은 이들에게 알몸 또는 도발적인 복장을 한 여자의 영상을 보여준 후 무릎 높이의 모피 부츠 영상을 보여주는 과정을 되풀이했다. 피험자 중 세 명이 부츠만 보고도 페니스가 굵어지는 반응을 보이기 시작했는데, 여자의 영상을 보았을 때와 같은 굵기였다고 한다(메리 로치의 『봉크』 권루시안 옮김, 파라북스, 2008에서 재인용).

〈그녀〉의 주인공 테오도르가 사랑에 빠진 사만다에게는 얼굴이 없고, 몸이 없으며, 발가락도 없고, 입술도 없다(고 쓰면서도 나는 자꾸만 스칼렛 요한슨을 떠올린다). 테오도르는 그녀를 '보고' 사랑에 빠진 것이 아니고, 그녀를 듣고, 그녀를 경험하고 사랑에 빠진 것이다. 그녀가 여성이라는 근거도 없다. OS를 설치할 때 여성 목소리와 남성 목소리 중 여성의 목소리를 고른 것일 뿐이다. 그러면서도 테오도르는 그녀를 만지고 싶어한다. 머리에 손을 얹고 키스를 하며 목을 간질인다. 그녀를 보지 않았는데 그녀를 상상한다. 테오도르는 사만다에게 키스할 때 어떤 얼굴을 떠올릴까. 〈그녀〉는 기이한 페티시즘에 대한 영화일지도 모른다. 아니 어쩌면 사물 포르노의 새로운 장르일지도 모르겠다.

사만다는 어디에나 동시에 존재할 수 있으며 시간이나 공간의 제약을 뛰어넘으며, 몸안에 갇혀 있지도 않아서 죽음 역시 뛰어넘는다. 말하자면 사만다는 특정한 인간이 아니라 '사랑이라는 개념'이다. 테오도르는 누군가를 사랑한 게 아니라 사랑과 사랑에 빠진 것이며, 자신의 마음속에서 자라난 사랑과 사랑에 빠진 후 그 사랑을 떠나보내는 방법을 배운 것이며, 어쩌면 그냥 자신을 계속 사랑한 것이다.

〈그녀〉에서 가장 큰 불만은 영화의 결말이었다. 감독은 사만다가 하나의 주체로 우뚝 서는 것처럼 묘사하고, 초월적인 존재로 진화를 거듭하는 것으로 설정한다. 반면에 테오도르는 사만다를 잃고 난 후 전 부인이었던 캐서린의 소중함을 되새기고, 친구(이자 OS와 사랑에 빠진 동지이기도 한) 에이미와 함께 옥상에 올라가서 먼 불빛을 바라본다. 에이미가 테오도르의 어깨에 고개를 기대면서 영화는 끝이 나는데, 이 이상한 감상주의를 편안한 마음으로 감상할 수가 없었다. 테오도르는 전 부인 캐서린에게 이렇게 편지를 쓴다. "난 앞으로도 널 사랑할 거야. 우린 함께 자랐으니까. 넌 지금의 내가 누구인지 알게 해줬어." 테오도르는 사만다와 사랑에 빠진 후 뭘 깨달은 것일까. 헤어지고 나서 진정 사랑하는 법을 깨달은 것일까. 그는 여전히 자신만 사랑하는 것 같다. 영화에 등장한 대부분의 여성들이 주체적이지만 테오도르는 여전히 그녀들을 대상으로만 보고 있다. 영화 〈그녀〉는 수많은 'she'들을 끝내 'her'로만 여기는 테오도르의 이야기인 셈이다.

이 영화는 SF다. 근미래를 다루고 있고 미래의 사랑에 대해 이야기한다. 영화의 결말이 미래의 사랑에 대한 감독의 생각이라면 더이상 할말이 없지만, 사만다라는 거대한 진화의 인격체 앞에서 인간이 고작 깨달을 수 있는 게 가까이 있던 사람의 소중함이라면 굳이 사만다라는 존재가 필요했을까 싶다. 생각할 거리가 많은 영화라는 데는 동의하지만 OS들에게 버림받은 인간 둘이 청승맞게 앉아 있는 마지막 장면은 도무지 납득이 가질 않는다. 사만다와의 사랑을 통과한 테오도르가 성숙하지 못했다는 생각이 든 가장 큰 이유는, 편지를 '입으로' 쓰고 있었기 때문이다(어쩌면 테오도르는 OS 사만다를 인간으로 느낀 것처럼 인간 캐서린을 자신의 OS로만 생각했는지도 모르겠다). 적어도 캐서린에게 편지를 보낼 때는 손으로 직접 편지를 써야 했던 게 아닐까. 한 문장 한 문장 손으로 꾹꾹 눌러쓴 편지를 보내야 했던 게 아닐까. 그랬다면 "이 세상 끝까지 너는 내 친구야"라는, 쓰나마나 한 문장은 빼지 않았을까? 그토록 자기중심적인 문장을 쓸 수는 없지 않았을까? 미래에는 손으로 직접 글쓰는 사람들이 다 사라진다는 설정인가? 그럼 나도 입으로 소설을 써야 한다고? 에잇, 그럼 절필하고 말겠다.

주저하는 발뒤꿈치

영화 〈그녀〉에서 스칼렛 요한슨이라는 섹시 배우의 목소리만을 캐스팅한 스파이크 존즈 감독의 몰인정함과 경우 없음에 항의하는 심정으로 스칼렛 요한슨의 섹시함이 십분 발휘된 영화 〈돈 존〉을 본격적으로 다룰 예정이었으나 여자의 알몸과 모피 부츠 영상의 실험 얘기를 하다보니 발에 대한 페티시 얘기를 좀더 하고 싶어졌다.

도발적인 복장의 여자와 모피 부츠를 번갈아 보여주기만 해도 모피 부츠에 대한 성적 반응이 나타난다는 실험은, 남성들의 발 페티시를 단적으로 보여주는 것이었다. 모피 부츠가 아니라 모피 장갑이었다면 결과는 달라졌을 것이다. 발이었기 때문에 남자들은 곧바로 반응했다. 영화배우 잭 블랙은 공식 석상에서 자신에게 발 페티시가 있음을 고백했다. "저도 모르게 여자들 발을 뚫어지게 바라보고 있어요. 하이힐도 좋아하고, 플립플롭 신발(일명 '쪼리')도 좋아하고, 샌들도 좋아해요. 하지만 맨발이 최고예요." 잭 블랙이 음흉한 눈빛으로 여성들의 맨발을 바라보고 있는 모습은, 이상하게 섬뜩하거나 하지는 않고 웃음이 난다. 여자들의 맨발을 보면서 잭 블랙은 엄지 손가락을 치켜들겠지. 아니면 '당신의 뒤꿈치 각질까지 사랑해요' 이런 노래를 즉석에서 만들어 부르겠지.

줄리 베나스라의 다큐멘터리 〈하이힐을 신은 여자는 위험하다〉(원제 'God Save My Shoes')에는 하이힐과 관련된 여러 가지 의견들이 나온다. 여성들의 하이힐을 디자인할 때 발가락이 살짝 보이게 하는 것은 '발가락 골을 보고 가슴골을 연상하게 하기 위해서'라거나, 하이힐의 디자인이 여성의 성적 개방성을 상징한다는 의견이나(이를테면 뒤가 열려 있는 슬링백이라든지) 하이힐을 신은 여성은 거동이 불편하기 때문에 먹잇감을 찾는 남자들의 표적이 되기 쉽다는 가설 등은 고개를 갸웃거리게 만들지만 신체의 여러 부위 중 발이 특히 에로틱하다는 점은 인정할 수밖에 없다. 남자들은 여자의 몸을 볼 때 가슴이나 엉덩이나 발을 본다(고 알려져 있다). 발 페티시가 있는 남자들은 여성의 신발과 성적 경험을 동일시하는 경향이 있고, 심각한 단계에 이르면 여자 없이 구두만 있어도 자위행위가 가능하다고 한다. 발을 상상하는 것만으로도 흥분 상태로 이동하는 게 가능하다는 얘기다.

남자들은 여자들의 발을 자신의 성적 욕망에 맞추고 싶어 한다. 가장 대표적인 예가 신데렐라의 이야기다. 왕자는 유리구두에 쏙 들어가는 여성의 발을 찾아다닌다(굉장히 성적인 상징이다). 발은 인간의 몸 중 가장 고통받는 부분이고, 심장에서 가장 멀리 있는 두 발을 관리하기란 쉬운 일이 아니다. 발을 관리하기 위해 오래전부터 사슴의 지방이나 골수 또는 다양한 재료로 만든 연고와 고약을 개발했지만, 그런 노력에도 불구하고 발은 여전히 가장 상하기 쉬운 신체 부위다. 신데렐라 이야기의 교훈은 어쩌면, '작고 아담한 발을 만들어야만 남자들의 성적 환상을 충족시켜줄 수 있다'이거나(『신데렐라』의 한 판본에서 계모의 두 딸은 유리 구두에 발을 넣기 위해 발의 일부분을 잘라낸다) '당신이 지금 계모에게 온갖 학대를 받고 있을지라도 발을 잘 관리해야만 왕자의 선택을 받을 수 있다'라는 발 관리 미용숍의 표어에나 등장할 법한 내용일지도 모르겠다. 신데렐라의 발이 각질투성이에다 무좀도 있는데다 냄새까지 났다면 왕자는 어떤 반응을 보였을까. 과연 유리 구두를 제대로 신겨줄 수 있었을까. 하긴 남자의 발 페티시를 유발하는 데 '발냄새'가 큰 작용을 한다는 주장도 있긴 하다.

프로이트는 발에 대한 강박이 복종적인 성격과 관련이 있다고 보았다. 포르노 사이트에서도 그런 흔적을 자주 볼 수 있다. 발에 집착하는 남성들은 여성에게 굴복당하는 남자의 모습을 보는 걸 좋아한다. 채찍을 들고 굽 높은 부츠를 신고 벌거벗은 남자 위에 군림하는 여성의 모습을 보며 남자들은 흥분한다(그런 포르노그래피를 봐도 별다른 느낌이 없는 걸 보면, 아휴, 하이힐에 가슴이 찔리면 무척 아프겠다, 와 같은 생각이 드는 걸 보면, 내게는 발 페티시는 없는 모양이다). 발은 '강함'의 상징이다. 실제로 인체 중 가장 강력한 무기는 '발과 다리'다. 누군가를 짓밟을 때 우리는 당연히 발을 쓴다. 때리는 것보다 걷어차는 게 좀더 잔인해 보인다. 인체 중 가장 딱딱한 부분은 어디일까. (사람마다 조금 다를 수는 있겠지만) 아마도 발뒤꿈치가 아닐까.

독일어에서 'Hacke'는 곡괭이를 뜻하지만 발뒤꿈치를 뜻하는 단어이기도 하다. 인간들은 발뒤꿈치를 곡괭이처럼 이용하며 땅에다 구덩이를 파고, 곤충을 밟아 죽이면서 자신들의 세계를 만들었지만 어떤 인간들은 그 발뒤꿈치를 좀더 아름다운 용도로 사용하고 싶어한다.

유럽의 민속학자인 루돌프 셴다는 『욕망하는 몸』박계수 옮김, 뿌리와이파리, 2007이라는 저서에서 곤충학자 파브르의 '발뒤꿈치에 대한 추억'을 인용한다. "선생님이 다년초 식물 잎 가장자리에 있는 달팽이를 밟아 죽이라고 우리를 데리고 나가면 나는 달팽이를 밟아 죽여야 하는 내 임무를 양심적으로 행하지 않았다. 나의 발꿈치는 내가 모아놓은 달팽이 앞에서 가끔 주저한다. 그것들은 너무나 아름답다! 나는 쉬는 시간에 가지고 놀기 위해 가방을 그것들 중 가장 화려한 것으로 채운다." 주저하는 발뒤꿈치야말로 파브르를 곤충학자로 만들어준 동력이었을 것이다.

나도 어린 시절 발뒤꿈치를 자주 이용했다. 가끔은 지나가는 곤충들에게 화풀이로 발뒤꿈치를 사용하기도 했지만, 대체로는 선을 긋기 위해 사용했다. 아이들과 게임을 하기 위해서, 공놀이하기 위해서, 발뒤꿈치로 길고 긴 선을 그었다. 물주전자가 있을 때는 그걸 이용했지만 대체로 발뒤꿈치를 이용했다. 내 몸의 가장 강력한 부위를 이용해 게임을 하기 위한 선을 그었다는 게, 놀이를 위한 힘을 빌려온 게 나는 마음에 든다.

축구라는 스포츠를 사랑하는 것도 그 때문일 것이다. 발과 다리는 인체에서 가장 강력한 무기이지만 축구를 하기 위해서는 그 무기를 섬세하게 다뤄야 한다. 어떤 선수들은 다른 선수의 정강이를 밟는 데 자신의 뒤꿈치를 사용하지만(삑, 레드카드!) 어떤 선수들은 보이지 않는 동료에게 힐 패스를 하기 위해 섬세하게 뒤꿈치를 사용한다. 축구장에서는 강함과 부드러움을 함께 지녀야 최고의 선수가 될 수 있다. 축구 관련 영화 중 위대한 걸작인(나는 그렇게 믿는다) 〈소림축구〉에서는 주성치가 자신의 무쇠 다리를 섬세하게 만들기 위해 계란을 사용하는 장면이 나온다. 두 발로 계란을 완벽하게 트래핑하다가 손으로 거머쥐는 순간 계란이 깨지는 장면은 (컴퓨터그래픽티가 너무 나는 게 흠이지만) 영화의 결을 상징적으로 보여준다. 발은 손보다 섬세해질 수 있다.

탈모하는 인간

반려동물을 키우지 않아서 공감을 못하는 것일 수도 있겠지만, 반려견에게 옷을 입히는 마음을 이해하기가 어렵다. 산책길에서 반려견을 만나는 사람들이 혹시나 놀랄까봐, 반려견이 사람들에게 온몸을 노출하는 걸 민망해할까봐, 혹시 추울까봐, 또다른 여러 가지 이유로 옷을 입힌다고 반려인들은 주장하지만 내 눈엔 그렇게 자연스러워 보이지 않는다. 옷 입은 개들을 어색하게 여기는 건, 어쩌면 나의 취향 탓인지도 모르겠다. 사물의 의인화가 지나치게 많은 애니메이션 영화를 잘 보지 않으며(〈토이 스토리〉는 의인화가 아니라니까요!) 동물이 인간처럼 말을 하는 소설에 몰입하는 걸 무척 힘들어한다. 인간은 인간, 개는 개, 고양이는 고양이, 뱀은 뱀인 작품들이 더 마음에 든다. 개에게 옷을 입히는 건 개를 의인화시키는 것 같아서 보기에 불편한 것이다. 취향의 문제일 수 있다. 어쩌면 반려견들은 옷 입는 걸 실제로 좋아할지도 모르겠다. "어이, 반려인, 좀더 좋은 옷은 없었어? 요즘 반려견들 사이의 유행이 뭔지 몰라? 공원 나가기 창피해죽겠어. 이 덜떨어진 도트 무늬는 대체 뭐냐고!" 이렇게 투덜거리고 있을지도 모른다. 옷을 입지 않은 개들은 옷 입은 개들을 어떻게 생각할까. 따뜻한 걸 부러워할까, 개 멋있다고 생각할까, 개의 자존심을 망각한 개라고 놀릴까, 그냥 그러려니 할까. 아무래도 나는 인간이라서 개의 마음을 읽을 재간은 없다.

2011년에 개봉한 영화 〈혹성탈출: 진화의 시작〉(이하 〈진화의 시작〉)에서 가장 흥미진진했던 대목은, 인간의 손에 길러진 주인공 '시저'가 유인원들의 무리 속에 처음 들어갔을 때였다. 인간과 함께 자란 탓에 시저는 인간의 말도 좀 이해할 줄 알고, 인간의 음식을 즐기며 살아왔고, 게다가 인간의 옷을 입고 있었다. 유인원 무리들은 시저를 만나자마자 조롱하면서 그의 옷을 찢어서 벗겨버린다. '넌 대체 뭐냐, 쪽팔리게 인간의 옷을 입고 뭐하는 짓이냐?'라고 조롱하는 듯한 표정을 짓고는 시저를 폭행한다. 시저의 고민은 시작된다. 나는 대체 누구일까. 생긴 건 유인원이 분명하지만 알츠하이머병의 치료제 시미안 플루 탓에 보통의 유인원들보다는 머리가 좋고, 인간의 품에서 자랐지만 내면 깊숙한 곳에는 침팬지의 본성이 숨어 있는, 나는 대체 누구일까. 시저는 자신을 길러준 양아버지 '윌'에게 수화로 묻는다. "나는 결국 애완동물인 거지?" 윌이 대답한다. "아냐. 넌 애완동물이 아냐. 내가 너의 아버지야." 다스베이더의 '아임 유어 파더'에 버금가는 의미심장한 대사가 아닐 수 없다. 〈진화의 시작〉은 결국 윌이 입혀준 옷을 벗고 진정한 침팬지로 거듭나는 시저의 성장기인 셈이다.

지구상의 모든 종들 중에서 인간과 침팬지는 가장 많은 DNA를 공유하고 있다. 인간을 하나의 거대한 가족이라 생각한다면, 침팬지는 가장 가까운 친척인 셈이다. 인간과 침팬지의 가장 큰 차이는 (물론 외모도 많이 다르지만) 한쪽은 옷을 입는 존재들이고, 한쪽은 털이 많은 존재들이란 점이다.

데즈먼드 모리스는 『털 없는 원숭이』를 통해서 '털이 없어진 우리가 민감한 피부를 노출시키며 에로티시즘 성향을 증가시켰을 것'이라고 추측했다. 『죽음과 섹스』의 저자인 도리언 세이건은 인간과 가장 닮은 영장류인 '보노보'의 예를 통해 데즈먼드 모리스의 가설에 반박했다. 보노보에게는 여전히 수많은 체모가 남아 있지만(인간의 기준으로 보자면) 인간보다 '더욱 성적으로 문란'하다는 것이다. 한참 동안이나 혀로 키스하고, 정상 체위로 성교를 하며, 성관계와 오럴 섹스를 인사와 갈등 해소, 화해에 사용한다. 성교는 그들의 언어나 마찬가지인 셈이다.

도리언 세이건은 인간의 체모가 사라진 것은 털이 빠진 돌연변이가 '자연에 의해 강력히 선택'됐기 때문이라고 주장한다. 탈모로 인해 열 방출이 잘 이뤄졌고, 더운 지방에서 열 방출이 잘 일어남으로써 더 오랫동안 걸을 수 있게 됐으며, 결국은 네발로 걷던 영장류가 두 발로 걷게 됐을지도 모른다는 주장이다. 인간은 탈모 덕분에 가장 깨끗하게 땀을 흘리는 동물이 됐고, 땀을 잘 흘릴 수 있게 되면서 체온 조절도 더 잘할 수 있게 됐다. 뜨거운 침팬지에서 '쿨한 인간'으로 바뀐 것이다. 털이 없어지는 게 진화의 방향이라면, 결국 우리 인간들에게 털이란, 흠……

많은 여자들이(그리고 요즘엔 많은 남자들도) 미용실에 가는 걸 좋아하는 이유는 동물적이고 본능적인 향수 때문일지도 모르겠다. 유인원들은 서로의 털에 붙어 있는 기생충을 골라내며 시간을 보내지만, 인간에게 남아 있는 털이라곤 머리카락뿐이다. 머리카락을 허락하는 것은 무방비 상태로 자신을 노출하는 일이며, 가장 편안한 상태로 휴식을 취하는 일이다.

미용실에서 머리를 감겨줄 때 계속 졸렸던 게, 어머니의 흰 머리카락을 뽑아드릴 때 (따끔따끔 아프실 텐데도) 당신이 그토록 좋아했던 것도, 누군가를 귀여워할 때 머리카락을 헝클어뜨리며 애정을 표현하는 것 역시, 싸울 때면 서로의 머리카락을 움켜쥐는 것도(음, 이건 다른 이유일까?) 다 이유가 있었던 것이다. 그렇다면 머리카락은 우리에게 남은 구세대의 마지막 몸인 동시에, 진화의 방해물일지도 모르겠다.

진화란 무엇일까. 〈진화의 시작〉의 원제는 'Rise of the Planet of the Apes'이다. 어떤 분이 우리말 제목을 지었는지는 모르겠지만, 엄청나게 철학적이고 믿을 수 없이 강렬한 제목이다. 유인원 특유의 능력, 예를 들면 나무를 타고 오르고 높은 곳에서 자유자재로 움직이는 능력을 여전히 지니고 있지만 시미안 플루 때문에 지적 능력이 향상된 생물체가 바로 '진화의 시작'이라고 생각한 것이다. 많은 사람들은 영장류의 진화 방향이 두뇌의 정교화에 있다고 믿지만, 제목을 지은 분은 '운동 능력의 퇴화 없이 두뇌가 정교해지며, 언어를 관장하는 신피질이 극대화되는 존재'가 진화의 미래라고 생각한 것이다. 음, 그럴듯하다.

최근 개봉한 〈혹성탈출: 반격의 서막〉(이하 〈반격의 서막〉)을 보고는 실망을 금치 못했다. 〈진화의 시작〉 수준의 감동은 없었으며, 사람이 유인원으로 바뀐 액션물에 지나지 않았다. 〈진화의 시작〉에는 침팬지와 인간에 대한 성찰이 있었지만 〈반격의 서막〉에는 그저 정치적 입장이 다른 여러 세력만이 있었을 뿐이다. 〈진화의 시작〉에서 애써 시저의 옷을 벗겨놓았더니 다시 인간의 옷을 입혀놓은 격이다. 영화를 보는 내내 옷 입은 개가 떠올랐다.

〈반격의 서막〉의 원제는 'Dawn of the Planet of the Apes'다. 이거 수상하다. (조지 로메로의 작법이 생각나기도 하고) 혹시, '일어나서(Rise) 새벽을 맞고(Dawn)' 다음에는 아침을 맞고, 늦은 아침이 되고, 점심이 되고 그렇게 계속 시간이 이어지는 유인원들의 하루를 다루는 시리즈를 기획한 것일까? 그럼 앞으로 스무 편도 넘게 남았겠는데? 마지막 편 〈Midnight of the Planet of the Apes〉를 살아생전에 볼 수나 있을까. 어찌되었건 다음 편에는 제발 침팬지에게 옷을 입히지는 말았으면 좋겠다. 시저의 한마디를 인용하겠다. "NO!"

한 꺼풀만 벗기면 똑같아요

전국 방방곡곡의 달인을 소개하는 텔레비전 프로그램에 수십 년간 산속에서 혼자 살며 생활한 사람이 나온 적이 있다. 마당에 솥을 걸어놓고 밥을 지은 다음, 텃밭에서 갓 뽑아낸 오이와 고추와 방울토마토 등을 함께 먹는 게 주식이었다. 다른 반찬은 아무것도 없고, 소금이나 간장, 고추장도 없이 밥과 채소만 먹으며 생활한다는 것이었다. 과연 그게 가능한 일일까. 고개를 갸웃거리고 있는데 제작진이 희한한 행동을 했다. 달인에게 작은 선물을 하고 싶다며 라면을 끓여준 것이었다. 과연 그게 옳은 일이었을까, 고개를 갸웃거릴 새도 없이 화면 가득 환하게 웃고 있는 달인의 표정이 보였다. 곧 눈물이라도 흘릴 것 같았다. 라면은 10년 만이라고 했다. 라면을 맛있게 먹은 달인은 취재진에게 삶은 감자를 내주었다. 취재진의 기습 질문. "라면이 좋아요, 감자가 좋아요?" 달인은 멋쩍은 얼굴로 대답했다. "옛날에는 몰랐는데요, 지금은 라면이 좋네요."

아마도 달인에게 라면은 특별한 음식이었을 것이다. 달인은 라면만 끓여먹을 수밖에 없었던 시절에 대해 잠깐 얘기했다. 라면을 보는 순간 그 시절이 떠올랐을 것이고, 라면을 먹는 순간 그 시절의 공기를 함께 마셨을 것이다. 음식에는, 특히 라면과 같은 자극적인 음식에는 맛과 함께 추억을 밀봉하는 특별한 기능이 숨어 있게 마련이다.

외할머니의 죽음을 떠올리면, 나는 돼지고기가 떠오른다. 외할머니의 장례 때 외갓집 마당에서 숯불에다 구워먹었던 삼겹살의 쫄깃한 맛이 떠오른다. 외할머니의 죽음이 슬펐지만 고기는 달았다. 불고기만 보면 나는 고향집이 떠오른다. 대학 때 대구에서 자취를 했는데 일주일에 한 번 김천 고향집에 갔다. 기차역에서 내려 집으로 갈 때면 늘 불고기 냄새가 나는 것 같았다. 어머니는 내가 매일 밥을 거르고 다닐 게 뻔하다고 생각하셔서(정확하십니다!) 거의 매주 불고기를 해놓으셨다. 삼청동에만 가면 닭고기가 생각난다. 삼청동의 친구 집에 얹혀살던 시절, 나는 집에 들어가기 전이면 늘 친구에게 전화를 했다. "뭐 필요한 거 있냐?" 친구의 대답은 한결같았다. "프라이드치킨." 동네에 닭집은 하나뿐이었고, 집에서 거리가 멀었기 때문에 나는 얹혀산다는 미안함을 늘 프라이드치킨으로 대신했다. 도대체 닭을 몇 마리나 먹었을까.

육식은 자극적이다. 씹고 뜯기 때문에, 우리와 비슷한 어떤 동물을 먹는 것이기 때문에 자극적일 수밖에 없다. 한 달 동안 채식을 해본 친구가 이렇게 말했던 게 기억난다. "채식의 좋은 점이 뭔 줄 알아? 채식을 하고 나면 고기가 훨씬 더 맛있다는 거야." 웃자고 하는 말이겠지만 마냥 웃을 수는 없는 농담이다. 육식이냐 채식이냐는 어려운 문제다. 비참하게 사육되는 동물들을 볼 때나 인간들의 이기심으로 죽을 수밖에 없는 동물들을 알게 됐을 때, 당장 육식을 끊고 싶지만 쉬운 일이 아니다. 우리는 육식의 시간에 길들여져 있고, 고기의 맛에 중독돼 있다.

소설가 조너선 사프란 포어는 『동물을 먹는다는 것에 대하여』송은주 옮김, 민음사, 2011라는 책에서 육식과 채식을 나누기 전에 과연 '동물이란 무엇인가?'라는 질문부터 해결해야 한다면서 인류학자 팀 잉골드의 사례를 소개한다. 사회문화 인류학, 고고학, 생물학, 심리학, 철학, 기호학을 공부하는 각각의 집단들과 다양한 학자들에게 '동물이란 무엇인가?'라는 질문을 던졌지만 모든 집단을 충족시켜줄 만한 결론에 도달하지 못했다는 것이다. 모든 학자들이 '동물'이라는 단어를 파고들수록 결국 '인간은 무엇인가?'라는 질문으로 넘어가기 때문에 민감한 주제일 수밖에 없다는 것이다. 인간은 자신과 동물을 구별짓기 위해서 '짐승'이라는 말을 만들어냈고, 동물보다 우월한 존재임을 입증하기 위해 그토록 많은 살생을 저지르고 있다.

영화로 만들어지기도 한 미헬 파버르의 소설 『언더 더 스킨』 안종설 옮김, 문학수첩, 2014은 (조금 과장하자면) 육식 외계인과 채식 외계인의 대결을 다룬 소설이다. 과연 인간이란 무엇이며, 살아 있던 동물의 고기를 먹는다는 게 어떤 일인지 일깨워주는 소설이기도 하다. 외계인들은 포획해온 인간들을 (마치 우리가 푸아그라를 먹기 위해 거위를 사육하는 것처럼) 집중 사육한 다음 스테이크로 팔아치우는데, 재미있는 건 소설에서의 호칭법이다. 외계인들은 자신을 인간이라 부르고 기존의 인간을 보드셀vodsel이라고 부른다. 작가가 네덜란드 사람인 점을 감안해 봤을 때 보드셀은 아마도 네덜란드 말 보드셀voedsel을 가리키는 것일 테고, 이 단어의 뜻은 '음식'인 셈이다. 그러니까 외계인들은 걸어다니는 인간들을 '음식'이라고 부르는 것이다.

주인공 이설리는 걸어다니는 '음식'들을 자신의 커다란 가슴으로 유혹해 납치하는 일을 맡고 있다. 이설리가 먹을 것을 찾아 헤매는 장면에서 이런 대목이 나온다. “진열대에서 먹을 것을 골라보았다. 종류는 ‘핫도그’ ‘치킨 롤’ ‘비프 버거’ 등 세 가지였다. 세 가지 모두 하얀 종이로 포장되어 있어 내용물이 보이지는 않았다. 이설리는 치킨 롤을 골랐다. 텔레비전에서 쇠고기는 위험하다, 심지어 치명적일 수도 있다는 소리를 들은 적이 있었다. 보드셀이 죽을 정도라면 자신은 어떻게 될지 생각조차 해보고 싶지 않았다. 핫도그는…… 불과 며칠 전에 개 한 마리를 살리려고 상당한 수고를 아끼지 않았는데 이제 와서 개를 먹는다는 건…… 아무래도 내키지 않았다.”

소설에서는 사육된 인간을 도축하는 장면이 나온다. 나는 이 장면이 너무나 끔찍해서 도저히 영화를 볼 엄두가 나지 않았다. 읽는 것만으로도 힘든데 영상으로 보면 열 배는 끔찍할 것 같았다. 그래도 용기를 낼 수 있었던 건, 흠, 스칼렛 요한슨이 전라 연기를 감행했다고 해서는 절대 아니고, 외계인들에 대한 묘사가 무척 궁금했기 때문이다. 영화는 내 기대를 무참하게 무너뜨렸다. 무섭기는커녕 아름다웠고, 한없이 느릿느릿했다. 마지막에 아주 잠깐 외계인의 모습이 등장하긴 하지만 내 기대와는 전혀 다른 모습이었다. 누구에게나 추천할 수 있는 영화는 아니지만 소리에 관심 있는 사람에게는 추천하고 싶다.

영화 〈언더 더 스킨〉은 소설 『언더 더 스킨』보다 훨씬 청각적이다. 이상한 말 같지만 영화 〈언더 더 스킨〉은 소설의 사운드트랙 같다. 소설에서 외계인이 '바라보는' 지구를 강조했다면, 영화에서는 외계인이 '듣는' 지구를 강조했다(수많은 뮤직비디오를 만들었던 감독이었기에 이런 영화가 가능했을 것이다). 실제 외계인들은 어떨지 궁금하기도 하다. 지구상에도 보는 것보다 듣는 게 중요한 동물들이 많으니, 외계인들 역시 그럴지도 모른다.

어떻게 먹고 어떻게 살아야 하는가. 많은 사람들이 여전히 고민하고 있는 문제다. 나 역시 그렇다. 살아 있기 위해 살아 있는 것을 먹지만, 잘 살아 있기 위해서는 어떻게 해야 하는가. 『언더 더 스킨』의 영화 버전과 소설 버전은 무척 다르지만, 밑바닥에 흐르고 있는 메시지는 비슷하다. 소설 속 한 줄의 대사가 그 메시지를 압축하고 있다. "한 꺼풀만 벗기면 모두 다 마찬가지예요."

눈에 보이는 게 전부는 아냐

예전부터 약도 그리는 걸 무척 좋아했다. 사람들이 모인 자리에서 장소를 물어보는 질문이 나오면 "거기가 어느 쪽이냐 하면……" 하고 곧장 종이와 펜을 꺼내들곤 했다. 큰 건물을 그린 다음 사이사이의 골목을 그리다보면 장소를 알려주어야 한다는 목적보다 약도 그리는 재미에 푹 빠지곤 했다. 알려주어야 할 장소와 상관없는 디테일에 집착할 때도 있고, 비율이 잘 안 맞는다는 이유로 괜히 다시 그린 적도 있다. 휴대전화기의 지도 프로그램이 날마다 발전하는 바람에 약도 그릴 일이 점점 줄어들고 있다. '위치 공유'를 누르면 GPS가 내 위치를 상대방에게 전송하는 시대가 되었다. 분명 좋아진 것은 맞는데, 정말 좋아진 것인지는 잘 모르겠다.

일본 영화 〈안경〉에는 기묘한 약도가 하나 등장한다. 종이 한가운데 길쭉한 선이 있고, 중간쯤에 샛길을 하나 그려놓았다. 그리고 이렇게 적어놓았다. "한참 가다가 혹시 지나친 게 아닌가 슬슬 불안해지는 지점에서 2분만 더 가면 거기서 오른쪽." 이게 약도인가싶지만, 영화 속 주인공은 그렇게 장소를 찾아냈다. '엇, 지나친 거 아닐까' 싶은 불안감을 참고 계속 가다보니 정말 샛길이 나왔다. 인터넷이 발달한 한국에서는 쓸모없는 약도일 확률이 높다. 슬슬 불안해지는 지점에서 조금 더 참는 게 불가능할 것이다. 곧장 휴대전화를 꺼내들고 현재 위치를 확인하겠지. 그리고 정확히 목적지를 찾아내겠지.

인간은 지극히 시각적인 동물이다. 눈에 보이는 걸 믿는다. 태어나면 일단 보는 법을 배운다. "엄마, 이건 뭐예요?" "그건 숟가락이란다." "저건 뭐예요?" "저건 포도란다." 눈으로 단어를 배운다. 눈에 보이지 않는 것들은 가르칠 수 없고 배울 수 없다. "엄마, 이 냄새는 뭐예요?" "아, 이 시큼하고 퀴퀴하지만 달콤하기도 한 냄새?" "아니 제가 느끼기엔 달콤하다기보다 매운 냄새인데요?" "그런 냄새가 어디에 있다는 건지 모르겠다. 난 말질 못하겠는데……" 이런 식으로는 단어를 배울 수 없고 세계를 배울 수 없다. 손가락으로 가리킬 수 있는 것들만 단어로 설명하며 가르칠 수 있다. 그렇다면 후각으로 약도를 그릴 수 있을까. 이를테면 "삼겹살 굽는 냄새가 나는 곳을 계속 따라오다가 소시지 냄새가 날 때쯤 우회전하고, 소똥 냄새가 나는 곳까지 걸어오면 거의 다 온 거야." 이런 약도를 믿고 길을 나설 수 있을까. 후각이 발달한 개라면 가능하겠지만 인간은 아마도 불가능할 것이다. 눈은 코를 믿지 못한다. 불안이 코를 마비시킬 것이다.

약도를 그릴 때 나는 눈으로 본 것을 종이에 옮긴다. 그 순간에 오차가 발생한다. 나는 내가 본 세계를 똑같이 그릴 수 없다. 불가능한 일이다. 그 오차에서 인간적인 감각이 발생한다. 오차를 줄이기 위해 공간을 떠올리고 골목을 생각하며 거리의 풍경을 느낀다. 생각해보면 약도를 그리는 일은 눈으로 본 것을 온 감각으로 재현하는 일이었다. 눈으로 본 걸 과연 믿을 수 있는지, 손으로 그리면서 측정하는 일이었다. 약도를 더이상 그리지 않는 순간 나는 지도 그대로를 믿을 수밖에 없을 것이다. 지도가 과연 정확할까? 그럴지도 모르지만, 나는 아니라고 생각한다. 약도 그리기를 포기할 수 없는 이유다.

절망의 마음

올여름, 나는 어딘가 구멍이 나 있는 자전거 타이어 같다. 펌프로 열심히 바람을 집어넣어도 조금만 시간이 지나면 여지없이 쭈글쭈글한 상태로 변한다. 전부 새는 것 같다. 구멍이 하나뿐이라면 찾아서 메우면 될 테지만, 그런 것 같지는 않다. 언제부턴가 타이어에 공기 채우는 일도 그만두고 말았다. 펌프를 움직일 힘도 없다.

시작은 아마도 세월호 침몰 소식을 들었을 때부터였던 것 같다. 사고 소식이 더해지고, 더이상 생존자가 없을지도 모른다는 소식이 그 위에 얹히고, 이 모든 일들이 단순한 사고가 아니라는 소식이 다시 들려오고, 충격이라는 단어를 끝내기도 전에 또다른 충격이 덮쳐와서 도대체 어떤 일이 더 큰 충격인지도 셈할 수 없게 되어버렸다. 사건의 갈피를 잡고 싶었지만 사건은 생각보다 거대했고, 배후는 예상외로 많았다. 누가 누구의 배후이고, 누가 누굴 비호하는지는 여전히 정확하지 않지만, 모든 일들은 이미 일어났고 결국 일어날 수밖에 없었다는 생각이 자꾸만 든다. 세월호의 충격이 가시지 않았는데, 계속 사고가 벌어졌다. 잠에서 깨면 뉴스가 떴고, 대부분의 뉴스는 끔찍했다. 지하철이 충돌하고, 가까운 곳에서 불이 나고, 불이 계속 나고, 누가 누군가를 기묘한 이유로 죽이고, 이유 없이도 죽이고, 해외에서는 무차별 폭격이 벌어졌다. 확실한 이유를 대며 무차별 폭격을 자행하지만 대부분은 좀처럼 납득하기 어려운 이유들이고, 그래서인지 때로는 어떤 사람들이 아무런 이유도 없이 다른 사람을 죽이기도 했다. 군에서 수많은 사건들이 벌어졌고, 총기를 난사하고, 때리고, 예전에 벌어진 사건들이 뒤늦게 밝혀지기도 했다. 2014년 여름은 아직 끝나지 않았는데, 이렇게 많은 일이 벌어졌고 지금도 벌어지고 있다. 거대한 상처에서 끝없이 고름이 터져나오는 것 같다.

올여름, 나는 매사에 의욕이 없고 힘이 잘 나지 않는다. 사람들과 함께 있는 자리에서는 잘 웃고 떠들지만 혼자 있을 때면 하고 싶은 게 별로 없다. 인터넷 브라우저 창을 열어둔 채 관심도 없는 문서를 계속 들여다보고 있기도 했고, 텔레비전 오락 프로그램을 멍하니 보고 나서는 내용을 하나도 기억하지 못한 적도 있고, 술을 마시고 기분이 조금 좋아졌지만 깨고 나면 더욱 가라앉은 기분 때문에 스스로를 책망하기도 했다. 모든 게 다 귀찮게만 느껴졌다. 힘을 내려고 안간힘을 써보는데도 손끝과 발끝으로 힘이 다 빠져나갔다. '그래도 힘을 내야지' 머리로는 생각하는데 몸은 잘 움직이지 않았다. 이런 걸 무기력증이라고 하는 모양이다.

이런 무기력증은 생전 처음 느껴보는 것이었다. 아무것도 하고 싶지 않다는 생각을 하면서 바틀비를 떠올린 적도 있었다. 하지만 바틀비와 나는 질적으로 달랐다. 허먼 멜빌의 『필경사 바틀비』한기욱 옮김, 창비, 2010의 주인공 바틀비는 매사에 "안 하는 쪽을 선택하겠습니다"라고 말하는데, '안 하는 것'에 밑줄이 그어져 있는 게 아니라 어떤 식으로든 '선택'한다는 점이 핵심이다. 바틀비와 달리 '어떤 일을 할지 안 할지를 선택하는 것도 뭔가 하는 것이니까 선택조차 하고 싶지 않다'라고 생각하는 나는 밑을 알 수 없는 무기력증에 빠진 것일 뿐이다.

어째서 이런 무기력증이 생긴 것일까. 나이 탓일까, 앞으로 해야 할 일에 대한 두려움 때문일까, 단순한 권태일까, 나도 모르는 스트레스로 탈진해서 그런 것일까. 곰곰이 생각해보았지만 별다른 대답을 찾지 못했다. 분노하고 싶었지만 대상을 찾지 못했고, 치료하고 싶었지만 병의 실체를 알 수 없었다. 무력하고 또 무력했다. 현재를 알 수 없고, 미래가 불투명할 때 '절망의 마음'이 생겨난다고 전문가들은 이야기한다. 마음의 무게가 몸으로 전해져 무기력증이 생겨난다는 것이다. 무기력증에 그나마 좋은 약은 영화와 소설이었다. 다른 세상을 둘러보고 나면 현실이 잠깐씩 낯설어졌고, 절망의 마음이 아주 조금 줄어들었다. 올여름엔 영화를 자주 보았고 소설도 많이 읽었다.

얼마 전 별다른 기대 없이 〈모스트 원티드 맨〉을 보다가 자세를 고쳐 잡고 앉았다. 필립 시모어 호프만의 팬으로서 그의 마지막 작품을 챙겨 보자는 마음이었지만, 작품을 보는 내내 그를 향한 원망이 더욱 커졌고 그가 그리웠다.

〈모스트 원티드 맨〉의 주인공 군터 바흐만(필립 시모어 호프만)은 한때 독일 최고의 스파이였으나 상부 조직에게 이용당하며 작전을 망친 이후 현재는 정보부 소속 비밀조직을 이끌고 있다. 대충 빗어 넘긴 머리카락, 밤송이처럼 까칠까칠한 턱수염, 불룩하게 솟아 있는 배는 필립 시모어 호프만과 군터 바흐만의 경계를 모호하게 만들었다. 그럴 리 없겠지만, 캐릭터의 설정 때문이었겠지만, 죽음을 앞두고 있는 자의 고단한 피로감이 온몸에서 느껴졌다. 바흐만이 자신의 비밀정보원 '자말'과 이야기를 나눌 때, 블랙커피를 시킨 다음 거기에다 위스키를 부어 마실 때, 펍에서 술을 마시다 여자를 괴롭히는 녀석을 한 방에 때려눕힐 때조차 그의 몸에서는 이상한 피로감이 느껴졌다. 열심히 일을 하고 있지만 문득 내가 대체 무슨 일을 하고 있는 것인지 모르겠다는 막막함과 아무리 열심히 일을 해봤자 내가 저항할 수 없는 거대한 힘이 나를 짓누르고 말 것이라는 무력감이 결합된 총체적 피로였다. 중요한 작전 전날, 그는 위스키를 마시다가 피아노 앞에 앉는다. 짧고 굵은 손가락으로 건반을 누르는 필립 시모어 호프만의 옆모습을 보면서, '아, 저 배우를 다시는 볼 수 없다'는 사실을 실감했다. 그 피아노 연주는 필립 시모어 호프만이 보내는 마지막 인사였다.

군터 바흐만의 작전은 결국 실패로 돌아갔다. 작전의 클라이맥스에서 또다시 상부 조직은 그를 배신했고, 마지막 먹잇감을 그에게서 빼앗아갔다. 그는 철저하게 이용당했고 그가 지키려던 선의는 비웃음거리가 되고 말았다. 그는 도로 한복판에서 버림받은 후 큰 소리로 욕을 한다. 영화 내내 흥분하지 않았던 그가 울부짖으면서 욕을 해댔다. 무기력했던 그에게서 분노가 느껴졌다. 그는 동료들을 놓아둔 채 차를 타고 어디론가 향한다. 그가 어디로 가는지 영화는 보여주지 않는다. 집으로 돌아가는 것인지, 술집으로 가는 것인지, 자신의 비밀정보원 자말을 만나러 가는 것인지, 아니면 자신을 엿먹인 상부 조직을 박살내러 가는 것인지, 작전을 어떻게든 끝까지 수행하려 하는 것인지, 보여주지 않는다. 영화의 마지막 장면은 군터 바흐만이 떠난 빈 운전석이다. 필립 시모어 호프만은 떠났고, 텅 빈 운전석만이 남았다. 나는 그가 어디로 갔을지 생각해보았다. 군터 바흐만은 어디로 갔고, 필립 시모어 호프만은 어디로 갔을지 생각해보았다. 군터 바흐만이 어떤 선택을 했을지 곰곰이 생각하다보면 무기력증이 조금은 낫지 않을까 싶다. 지금 나는 무덥고 기나긴 여름의 한가운데에서, 엉덩이가 얼얼할 정도로 뜨거운 운전석에 앉아 있다.

뽕짝과 지르박의 몸

요즘 즐겨 듣는 노래가 로잔 캐시의 2014년 앨범 〈The River & The Thread〉인데, 오후에 이어폰으로 듣고 있으면 마음이 편안해지며 거대한 풍경이 눈앞에 그려진다. 미국엔 한 번도 가보지 못했지만 오래전부터 봐왔던 익숙한 풍경이다. 아버지 조니 캐시의 영화 〈앙코르〉(원제 'Walk the Line')에 나왔던 풍경 같기도 하고, 코엔 형제의 영화에서 본 장면 같기도 하고, 영화 〈미스틱 리버〉에서 가장 좋아했던 경치 같기도 하다. 음악에는, 더구나 특정한 장르의 음악에는 장소와 풍경을 환기시키는 특별한 기능이 있는 것 같다. (로잔 캐시의 음악을 컨트리로만 단정할 수는 없지만) 컨트리 음악만 들으면 늘 광

대한 풍경이 떠오르며 아득해지고, 너무 아득해서 어찌할 바를 모른 채 방향을 잃고 우두커니 서 있다가 문득 편안해진다.

한국의 컨트리 음악이라 부를 수 있을 트로트 음악을 들을 때도 특별한 풍경이 떠오른다. 우선 내가 자란 동네의 시장이 생각난다. (이렇게 말하면 무척 시골 같아 보이겠지만 그렇진 않았고) 오일장이 설 때마다 수많은 사람들이 몰려들던 곳, 음악을 크게 틀어놓고 약을 팔기도 하고 흥에 겨우면 시장 사람들이 갑자기 춤을 추기도 하던 곳, 생계를 위해 나물을 뜯어서 팔던 할머니들과 떡볶이를 먹기 위해 분식점으로 향하던 아이들이 뒤엉키던 곳, 신바람 이박사의 추임새보다도 격렬하고 흥겨운 박자에 맞춰 상인들이 발을 구르던 곳이 생각난다. 어린 시절의 내게 트로트 음악은 생계를 꾸려나가는 이들을 위한 배경음악처럼 들렸다.

또하나 떠오르는 것은 영등포 사거리의 풍경이다. 한때 직장에 다니던 시절 영등포 시장 근처를 지나다닐 일이 많았는데, 콜라텍에서 손을 잡고 걸어나오는 나이 지긋한 어르신들의 모습을 자주 볼 수 있었다. 시장에서 파는 물건들은 뭐라 설명할 수 없을 정도로 다양했고, 가격도 무척 쌌고, 거리의 배경음악은 당연히 뽕짝이나 트로트였다. 콜라텍이란 곳을 한 번도 가보지 못했기 때문에 그 안에서 어떤 일이 벌어지는

지, 어르신들은 그 안에서 뭘 하는지 무척 궁금해했던 기억이 난다.

김운경 작가의 〈유나의 거리〉를 보면서 그때의 궁금증을 조금씩 풀게 되었다. 〈유나의 거리〉는 콜라텍이 주요 배경인 드라마이고, 콜라텍과 얽힌 사람들의 이야기이고, 매력적인 사람들이 많이 나오는 드라마이고, 에, 그리고…… 최근 10년 이내 본 모든 드라마 중에서 압도적으로 훌륭한 작품이다. 이 글을 쓰는 시점에서는 50회 분량 중 절반쯤 지난 드라마이고 아직 20회가 넘는 분량의 이야기가 남아 있지만, 나는 미리 단언할 수 있다. 이 드라마는 걸작이다. 한때 〈서울의 달〉을 재미있게 보았던 사람으로서 추억 속에 갇혀 지나치게 후한 점수를 주는 건 아닌가 따져보았지만 그건 확실히 아니다. 나는 〈서울의 달〉보다 이 작품이 더 훌륭하다고 생각한다.

〈유나의 거리〉의 훌륭한 점은 밤을 새워 얘기해도 모자라지만, 그중에서 가장 훌륭한 점 하나만 얘기하라면 '그 어떤 것도 뻔하지 않다는 것'이다. 주인공의 사연도, 조연들의 사연도, 아이들의 이야기도, 어른들의 대화도 뻔하지 않다. 뻔하다는 것은 늘 생각하던 대로 생각한다는 뜻이고, 다르게 생각하지 않는다는 뜻이고, 다른 사람과 다르게 생각하지 않는다는 뜻이고, 새롭게 생각하지 않는다는 뜻이다. 〈유나의 거리〉에는 뻔한 순간이 거의 없다.

춤에 대한 태도도 그렇다. 콜라텍은 어르신들이 모여서 음악도 듣고, 춤도 추고, 부킹도 하는 곳이다. 어떤 이들은 '다 늙은 사람들의 불륜을 조장한다'며 곱지 않은 시선으로 콜라텍을 바라보지만, 늘그막에 춤바람 난다며 걱정하지만, 드라마를 보고 나면 콜라텍이 어떤 곳인지 다시 한번 생각하게 된다. 집에 가서도 계속 스텝을 연구하는 할아버지들, 멋지게 차려입고 가방을 카운터에 맡긴 다음 신나게 놀아보려는 '여사님들', 서로 맞잡은 손을 확인하며 지터버그(지르박) 스텝을 밟는 어르신들의 마음을 한번쯤 생각해보게 된다.

콜라텍의 춤 선생님은 드라마의 주인공이자 콜라텍 지배인인 창만(이희준)에게 빨리 춤을 배우라고 충고한다. 하루라도 빨리 춤을 배워서 플로어만 바라보다 손 한번 잡지 못하고 집으로 돌아가는 여사님들 손을 잡아주라는 것이다. 춤이란 그런 것이다. 춤이란 서로에게 손을 내미는 것이고, 서로의 존재를 확인해주는 것이다. 같은 스텝으로 같은 리듬을 타며 서로의 몸에 기대는 것이다. 미친듯이 춤을 춰본 사람은 모두 알 것이다. 내 춤을 내가 의식하지 않게 되는 순간, 몸이 생각을 이기고 자발적으로 움직이는 순간, 그런 뜻밖의 순간에 스스로를 더 잘 이해할 수 있다. 서로에게 기대어 춤을 추다보면 그런 뜻밖의 순간이 오지 않을까. 마냥 즐겁고 기뻐서 자신의 나이 따위, 살아온 이력 따위 잊는 순간이 오지 않을까. 그 맛에 콜라텍을 다니는 게 아닐까.

콜라텍 사장님의 어린 아들이 집마당에서 옆방 할아버지와 '지르박 스텝'을 연습하는 장면이 나온다. 다른 드라마였다면 동네 사람들이 아이의 미래를 걱정하거나 '빨리 들어가서 공부나 하라'며 혼을 내겠지만 〈유나의 거리〉에선 아무도 그러지 않는다. 기특해하고, 응원해주고, 가르쳐준다. 이토록 꼰대스럽지 않은 드라마가 있을까.

페터 회의 소설 『스밀라의 눈에 대한 감각』박현주 옮김, 마음산책, 2005의 이런 문장이 생각난다. "나는 패배자들을 좋아한다. 장애인, 외국인, 뚱뚱해서 놀림을 받는 친구들은 말할 것도 없고 누구와도 춤을 추려고 하지 않는 모든 이들을 사랑한다." 페터 회의 문장이 아니라 김운경 작가의 문장이라고 착각할 정도다.

니체는 음악과 소리가 신경계를 총체적으로 자극하는 힘에 대해 얘기한 적이 있다. 니체는 '음악'이 우리를 추진하게 만들고 동작을 유발시킨다면, '리듬'은 동작의 흐름을 이끌고 명료하게 맺고 끊는다고 생각했다. 말하자면 콜라텍의 어르신들은 '뽕짝'과 '트로트'에 의해 추진되어 지르박의 리듬 속에서 자신의 삶을 명료하게 만들고 있는 셈이다. 니체는 '비제'를 그 예로 들었지만 비제나 트로트나 뭐 큰 차이 나겠나. 뽕짝과 트로트는 여전히 내 음악 취향과 많이 다르지만 음악에 맞춰 스텝을 밟는 어르신들의 모습은 참 아름답다는 생각이 든다.

올리버 색스의 『뮤지코필리아』장호연 옮김, 알마, 2012에는 아마추어 테니스 선수의 사례가 하나 나온다. 알츠하이머병에 걸린 그에게 라켓을 보여주며 그게 어디에 쓰는 물건이지 물어보았다. 그는 라켓을 알아보지 못했다. 하지만 테니스 코트에서 그의 손에 라켓을 쥐여주자 그걸 어떻게 사용하는지 알았다. 그는 멋지게 테니스를 쳤다. 우리의 몸은 인식보다 강력하며, 기억한다고 해서 아는 게 아닐 수 있으며, 안다고 해서 영원히 기억할 수 없으며, 우리가 대체 어떤 존재들인지 영원히 모르고 죽을 확률이 클 것이다. 아직 인생의 비밀 같은 것은 전혀 모를 나이이고, 앞으로도 모를 것 같은 강한 예감이 들지만, 죽을 때까지 팔다리를 흔들어야 하는 운명이라면 버둥거리기보다 춤을 추며 살고 싶다. 춤을 추며 죽고 싶다. 조르바처럼? 아니, 지르박을 추며.

꿈에서는 몸이 통하지 않는다

낮잠만 자면 꼭 꿈을 꾼다. 밤잠을 잘 때에도 꿈을 꾸겠지만, 유독 낮잠 속의 꿈만 선명하게 기억난다. 낮에는 머리가 좋아지나? 실은 꿈꾸는 걸 별로 좋아하지 않는다. 꿈꾸지 않기 위해 낮잠에 들고 싶지 않은데, 낮잠은 언제나 슬며시 허리를 붙들고 나를 주저앉힌다. 낮잠 속의 꿈은, 나를 깊은 곳으로 데려가지 않고 낮은 곳에서, 이를테면 무릎까지만 잠기는 냇가에서만 어슬렁거린다. 꿈은 여기저기 낯선 곳으로 나를 끌고 다니다 마지막엔 싫증났다는 듯 내팽개친다. 나는 불현듯 꿈에서 깨어난다. 꿈꾸는 걸 싫어한다기보다 꿈에서 깨어날 때의 이상한 감촉이 싫은 것이다. 다른 세상에서 현실로 불

시작했을 때의 어리둥절함이 도무지 적응이 되지 않는다. 팔은 저리지, 목은 마르지, 여기는 어디인지 잘 모르겠지, 내가 지금 살아 있는 것은 맞는지도 가물가물하지, 아무튼 꿈으로 가고 싶지 않다.

이런 적도 있었다. 스무 살 즈음의 일요일 오후, 집 거실에 드러누워 책을 읽다가 잠이 들었다. 쌀쌀한 기운이 느껴지는 초가을이어서 거실 바닥은 조금 차가웠고, 자고 있는 사이 해가 뉘엿뉘엿 넘어가고 있었다. 나는 잠에서 깼는데 눈을 뜰 수가 없었다. 꿈을 꿨는데 기억하고 싶지 않았다. 좋은 꿈은 아니었다. 갑자기 울음이 터졌다. 가위에 눌린 것도 아니고 어딘가 아픈 것도 아니었고 슬픈 생각을 한 것도 아니었다. 나는 울고 있는 내가 이상했다. 내가 나를 바라보고 있었고(말하자면 유체이탈 같은 것이랄까) 울고 있는 나를 느끼고 있었다. 왜 울고 있는지 이해할 수 없었다. 나는 그냥 눈을 감고 한참 울었다. 지금 생각해보면, 그때 내가 울었던 이유는 꿈속에서 미처 해결하지 못한 감정을 해결하기 위해서가 아니었나 싶다.

실은 이 글을 쓰기 전에도 낮잠을 잤고, 또 꿈을 꿨다. 어떤 꿈이었는지는 기억나지 않는다. 꿈은 말하지 않으면 소멸된다. 말하는 순간에만 꿈은 육체를 얻는다. 단어와 문장과 발음은, 말하자면 꿈의 몸인 셈이다. 나쁜 꿈을 꿨을 때 말하지 않고 가만히 누워 있으면 꿈은 곧 지나간다. 꿈에게 몸을 주지 않으면 꿈은 곧 사라진다. 재미있는 꿈을 꿨을 때는 사람들에게 이야기한다. 꿈에게 몸이 생기고 나면 꿈은 사실처럼 바뀌고, 꿈과 꿈 아닌 것의 구분이 모호해진다. 시간이 한참 흐른 뒤에는 꿈과 꿈 아닌 것을 구별하기 어렵다. 살바도르 달리처럼 잠에서 깨자마자 꿈을 그린다면 선과 면이 꿈의 육체가 될 것이고, 꿈에서 본 것을 글로 옮긴다면 문자가 꿈의 육체가 될 것이다.

홍상수 감독의 〈자유의 언덕〉을 보고 나서 작은 실마리 하나가 풀렸다. 꿈에 대한 감정과 홍상수 감독의 영화에 대한 감정이 비슷했다는 걸 이제 알겠다. 홍상수 감독의 영화에서 자주 느꼈던 알 수 없는 찜찜함, 석연치 않음의 정체는 (어차피 영화란 꿈을 벤치마킹한 것이겠지만) 낮잠 속의 꿈과 비슷했다. 어이없이 환상적이다가 또 한편으로는 지나치게 사실적이고 가끔 실소를 자아낼 만큼 황당하기도 하다. 꿈꾸기 싫다면서도 매번 낮잠을 자는 것처럼, '나하곤 안 맞아' 하면서도 자주 홍상수 감독의 영화를 보았다. 〈자유의 언덕〉에서 나는 처음으로 홍상수 감독에게 완벽하게 매료되었다.

〈자유의 언덕〉은 일본인 모리(가세 료)가 한국인 권(서영화)을 만나러 한국에 왔다가 영선(문소리)과 알게 되는 얘기다(내가 원래 스토리 정리에 약하다). 모리가 보낸 편지를 권이 읽는다는 것이 이야기의 중요한 틀인데, 권이 편지를 흘리는 바람에, 게다가 한 장을 분실하는 바람에, 이야기는 뒤죽박죽이 되고, 밑도 끝도 없어진다. 『씨네21』의 홍상수 감독 인터뷰를 보니, 순서대로 찍고 편집할 때 재배열했다고 한다. 원인과 결과가 나란히 있어야 할 텐데, 결과가 먼저 있고 원인은 제일 마지막에 나온다. 때로는 결과만 있고 원인은 아예 등장하지 않는다. 내가 꾸는 꿈도 늘 그랬다. 꿈속에서 원인과 결과는 뒤죽박죽이고, 심지어 중요하지도 않다. 하늘을 날게 됐다면 어째서 그런 것인지 중요하지 않다. 날고 있다는 사실이 중요하다.

〈자유의 언덕〉은 무수히 많은 가능성으로 재조립할 수 있는 이야기다. 무수히 많은 몸으로 변신할 수 있는 트랜스포머 같기도 하다. 〈자유의 언덕〉의 이야기 구조를 거칠게 정리해보면 이렇다.

A: 권과 모리는 예전에 사랑한 사이다.

B: 모리는 권을 찾아왔지만 권은 서울에 없다.

C: 모리는 게스트하우스에 묵다가 카페에서 우연히 영선을 만난다.

D: 모리는 영선의 개를 찾아준다.

E: 영선은 모리에게 감사의 뜻으로 식사와 술을 대접한다.

F-1: 영선과 모리는 잠자리를 함께한다.

F-2: 영선과 모리는 잠자리를 함께한다.

(G: 모리는 영선의 남자친구와 싸운다.)

H: 모리는 이 모든 일을 적어서 권에게 편지를 보낸다.

I: 권이 돌아와 게스트하우스에 있는 모리를 만난다.

J: 모리는 권과 함께 일본으로 가서 행복하게 산다.

K: (마지막 장면) 영선은 모리가 묵고 있는 게스트하우스에서 숙취에 괴로워하며 깨어난다.

모리가 권에게 쓴 편지에는 B, C, D, E, F의 이야기가 담겨 있다. G는 뒷이야기로 추측만 할 수 있을 뿐 실제 사건은 나오지 않는다(어쩌면 잃어버린 편지 한 장에는 이 이야기가 담겨 있지 않을까?). H와 I 사이에는 일주일이라는 시간 간격이 있다. 편지를 보내고 권이 그 편지를 보기까지의 일주일 동안 어떤 일이 있었는지 우리는 알지 못한다. K의 자리가 난처하다. 권이 잃어버린 편지에 든 내용은 G가 아니라 K일지도 모른다. 영화 전체가 모리의 내레이션으로 이뤄진 것인데, K만 덩그러니 그 내레이션 바깥에 있다. K를 어디에 넣어야 할까. E와 F 사이에 넣을 수도 있고, F-1과 F-2 사이에 넣을 수도 있고,

F-2와 G 사이에 넣을 수도 있다. 조금씩 어색하지만 어디에나 넣을 수 있는 이야기다. K는 모리가 게스트하우스 마당에서 깨어나는 장면으로 시작한다. 모리는 자주 꿈을 꾸었고, 기괴한 꿈을 많이 꾸었다. 자, 그러면 모리는 무슨 꿈을 꾼 것일까. 어쩌면 H는 꿈이 아니었을까. 아니, 이 모든 것이 꿈이었던 것은 아닐까. 영화 내내 모리는 자주 잠을 자고, 잠을 더 자야겠다고 말하고, 영선은 모리에게 잠이 필요하다고 말한다. K를 어디에 넣는가에 따라서 영화는 많이 달라질 것 같다. 모호한 점이 한두 가지가 아니다. 권은 이 모든 이야기를 편지로 읽고도 그렇게 해맑은 얼굴로 모리를 만날 수 있나? 둘은 행복할 수 있나? 게스트하우스 아주머니는 어째서 일본인에 대한 이야기를 계속 반복하고 있나. 무엇이 꿈인지, 무엇이 꿈이 아닌지 생각하기에 따라 영화는 많이 달라질 것 같다. 볼 때마다 영화는 변할 것 같다. 롤랑 바르트가 그랬다. 꿈은 독백이라고. 환상은 자신이 늘 가지고 다니는 포켓판 소설이라고. 모리는 『시간』이라는 문고본을 계속 들고 다닌다.

영화 속에 영어가 넘쳐난다. 일본인과 한국인이 만나 영어로 대화를 나눈다. 어떨 때는 직설적이고, 또 어떨 때는 상투적이다. 꿈을 꾸다보면 그런 순간이 자주 있다. 뭔가 설명하고 싶은데 도저히 설명이 안 되는 순간. 말하고 싶은데 말해지지 않는 순간. 우리는 말을 하면서 인격의 몸을 만들지만, 꿈에서는 그 몸이 통하지 않는다. 꿈에서는 새로운 '언어의 육체'가 필요하고, 때로는 '언어의 육체'가 실제 몸보다 더욱 육체적일 때도 있다. 홍상수 감독의 〈자유의 언덕〉에 대해서 자꾸만 얘기하고 싶어진다. 아마도 기분좋은 꿈이라서 그런 모양이다.

×

탈을 쓰고 탈출한다

말을 하다보면 자신도 모르게 자주 쓰는 문구가 있다. 이를테면, '이를테면'이라든가 '다시 말해서'라든가 '그게 아니고'라든가, 또는 내 경우처럼 '솔직히 말해서'라든가. 그렇게 말하게 된 데는 다들 각자의 사정이 있을 것이다. 요약을 해야 직성이 풀리는 성격일 수도 있고, 정확히 말하지 않으면 계속 다시 말해야 하는 사람일 수도 있다. 나는 '솔직히 말해서'라는 말을 왜 자주 하게 됐는지 (솔직히 말해서) 잘 모르겠다. 주위를 둘러보면 '솔직히 말해서' 혹은 '솔직히'라는 반복어를 쓰는 사람이 가장 많은 것 같긴 하다. 요즘 세대들도 '솔까말'(솔직히 까놓고 말해서의 준말)이라는 말을 사용하는 걸 보면 애나 어른이나 할 것 없이 솔직하기 어려운 시대다. 아니, 다들 솔직하게 까놓고 말하는 거니까 지나치게 솔직한 시대인 건가.

영화 〈프랭크〉에서 주인공은 인형 탈을 쓰고 등장한다. 참으로 노골적이기 이를 데 없는 영화 제목인 것이, 인형 탈 쓰고 등장하는 주인공 이름을 '프랭크Frank'로 지어놓았다. 우리식으로 말하자면 가면 쓴 주인공 이름을 나솔직씨(a.k.a. 나솔까말씨)로 지은 거다. 탈을 쓰고 있어야 솔직할 수 있다는 것인지, 탈을 쓴 게 오히려 솔직하다는 것인지, 탈을 쓰고 있어도 솔직할 수는 없다는 것인지, 감독의 의중은 잘 모르겠지만 대놓고 솔직한 제목인 것은 확실하다.

프랭크는 24시간 탈을 쓰고 생활한다. 샤워도, 노래도, 식사도, 탈을 쓰고 한다. 사람들은 대체 탈 속에서 어떤 일이 벌어지는지 궁금해하지만, 애써 벗기려들지는 않는다. 우리도 전부 가면을 쓰고 있긴 하니까, 프랭크처럼 커다란 인형 탈은 아니지만 자신만의 탈을 가지고 있으니까 벗길 필요가 없는 것이다.

프랭크는 인형 탈을 쓰고 밴드 소론프르프브스에서 작사작곡과 노래를 담당하고 있다. 소론프르프브스의 노래는 낯설다. 노래에 등장하는 가사가 대략 이런 식이다. "생강 크루통, 소금에 절인 관절, 소금물 속의 참치, (……) 아이를 밀어, 코드를 잘라." 대체 무슨 이야기인지 알 수가 없다. 낯설기는 음악 역시 마찬가지다. 문 여닫는 소리나 바람 소리 같은 각종 음향과 전자음과 악기 소리와 사람의 목소리가 뒤얽혀 있는데, 지구의 소리 같지 않고 우주에서 불시착한 음향 같다. 밴드 이름을 들을 때부터 눈치챘다. 그럴 줄 알았다. 몇 달 동안 시골에 모여서 이상한 소리를 채취하고, 완벽한 조화를 이룰 때까지 연습에 연습을 거듭할 때부터 알아봤다. 소론프르프브스라는 이름을 달고 평범한 음악을 할 리가 없다(극중 인물 '돈'이 부르는 〈Be Still〉같이 아름다운 노래도 있지만 공식적인 밴드의 음악은 아니다).

주변 사람들은 밴드의 음악을 만드는 프랭크를 천재라고 생각한다. 프랭크는 누구보다 소리에 예민하고 밴드의 조화로운 소리를 만드는 데 뛰어나다. 프랭크가 천재인지는 모르겠지만, 영화 후반부 인형 탈을 벗은 프랭크를 보는 순간 나는 윌리엄스 증후군이라는 증상이 떠올랐다. 1961년 뉴질랜드 심장학자 J. C. P. 윌리엄스가 발표한 논문에서 이름을 따온 윌리엄스 증후군은 심장과 대혈관에 이상을 일으키고, 특이한 얼굴 형태, 지적 장애를 동반하는 증상을 보인다. 윌리엄스 증후군이 일반적인 지적 장애와 다른 점은, 능력과 장애가 묘한 균형을 이루고 있다는 점이다. 인지능력, 이를테면 시각과 공간 감각이 결여되는 지적 장애가 있는 반면 '친절하고 수다스러운 성격' '비범한 언어 구사 능력' '음악을 이해하는 능력' 같은 일반인을 뛰어넘는 재능을 보이기도 한다. 윌리엄스 증후군을 겪고 있는 아이들은 지능지수가 낮은데도 시적이고 색다른 어휘들을 사용할 줄 알며, 그런 단어들을 음악적으로 적용하는 데 절묘한 능력을 발휘한다. 인지신경학자 어슐러 벨루지는 윌리엄스 증후군이 있는 아이들을 이렇게 설명했다.

"리듬을 제대로 이해하고 리듬이 음악 문법과 형식에서 중요하다는 것을 안다. 이들에게 가장 고도로, 그리고 조숙하게 발달한 것은 리듬만이 아니라 음악 지능의 모든 측면이다. 윌리엄스 증후군자들이 일반인보다 훨씬 높은 정도로 음악에 몰입하고 '음악성'을 보인다는 점은 확실한 것 같다."

프랭크가 윌리엄스 증후군이 아닌가 의심스러운 또하나의 이유는, 밴드를 만들었다는 점이다. 윌리엄스 증후군자들은 다른 사람과 함께 음악을 연주하려는 욕망을 강하게 보이며, 다른 사람을 위해 연주하는 것도 무척 좋아한다.

기묘한 불균형이다. 한 사람의 몸에 지적 장애와 음악에 대한 놀라운 집중력과 다른 사람과 함께 음악을 하고 싶다는 사교적 성향이 긴밀하게 연결돼 있다. 윌리엄스 증후군의 원인은 일반인보다 7번 염색체에 15~25개의 유전자가 결여돼 있는 것이라고 한다. 모든 천재들을 윌리엄스 증후군자라고 부를 수는 없지만 천재처럼 보이는 사람들은 어떤 유전자의 결핍으로 만들어지는 것일지도 모른다. 프랭크가 천재처럼 보이는 것 역시 마찬가지다. 프랭크가 사용하는 어휘, 프랭크가 밴드를 다루는 방식, 음악을 창작하는 기법 같은 것은 어떤 결핍으로 인해 만들어진 것일지도 모른다.

영화는 실질적인 주인공 존이 바다를 바라보면서 음악을 만드는 것으로 시작한다. 존은 눈에 보이는 것들을 단어와 음악으로 바꾼다. 밀려오는 파도, 사람들의 모습, 건물의 색과 풍경을 소리와 단어로 바꾼다. 창작은 잘되지 않는다. 코드는 매번 지겹게 반복되는 것 같고, 단어도 식상해 보인다. 그런 존에게 프랭크의 모습은 천재 같다. 그는 자유로워 보이고, 색달라 보이고, 현실에서 벗어난 것처럼 보인다. 존은 프랭크를 동경하고, 프랭크처럼 되고 싶지만 그럴 수 없다. 자신이 천재가 될 수 없다는 사실을 존은 잘 알고 있다. 존은 프랭크를 비난한다. 제발 인형 탈을 벗고, 솔직해지라고, 그 속에서 대체 뭘 하고 있느냐고 비난한다. 당신에게서 썩은 냄새가 난다고, 인형 탈을 벗기려고 애쓴다. 존은 프랭크의 재능을 부러워했지만 프랭크의 결핍을 이해하지는 못했다.

상대방의 재능을 부러워하면서 결핍을 눈여겨보지 않을 때 불필요한 질투가 생겨나고, 결핍을 비난하면서 재능을 애써 무시하려 할 때 무시무시한 편견이 시작된다. 누군가를 천재라고 부르는 순간, 그의 결핍이 뒤로 가려지는 것은 아닐까. 우리는 그를 솔직하게 보고 있는 것일까. 우리의 무언가를 감추기 위해서, 우리의 무언가를 합리화하기 위해서, 상대방의 특별한 이름을 호명하는 것은 아닐까. 천재, 바보, 사이코, 등신, 장애인, 그런 이름들로 뭔가를 슬쩍 가리는 것은 아닐까. '솔직히 말해서'라고 말하면서 은근히 솔직하지 않은 말만 하는 것은 아닐까.

솔직해지기 위해서, 혹은 프랭크가 되기 위해서 우리는 상대방의 재능과 결핍을 동시에 인정하는 법을 배워야 한다. 그리고 자신의 재능과 결핍을 동시에 알아채는 법도 배워야 한다. 프랭크가 인형 탈을 벗고 처음으로 부르는 노래의 제목은 〈I Love You All〉이다. 중간에는 라임을 맞추기 위한 "I Love You Wall"이라는 가사도 나온다. 나는 모든 걸 사랑하고, 나를 가로막고 있는 벽까지 사랑하고 싶다. 솔직해진다는 건, 솔직히 말해서, 참으로 어려운 일인 것 같다.

Body
Moving...
Disco
Breaking...

밑거나
말거나
인체사전

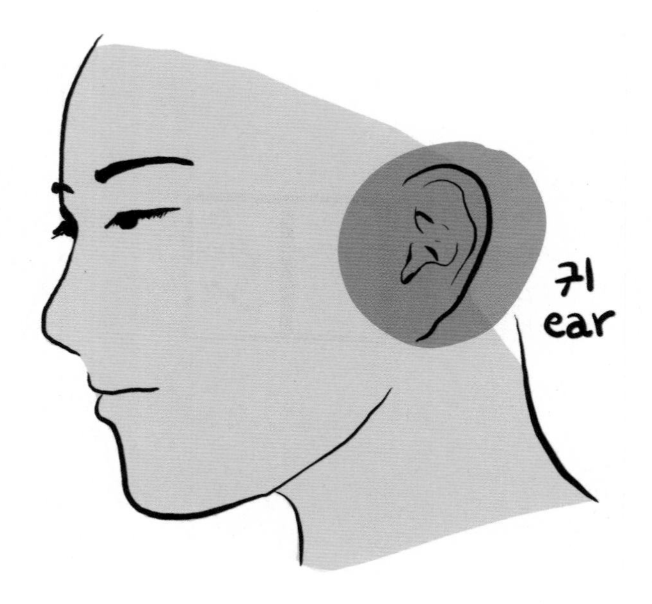
귀
ear

귀

청각과 평형감각을 담당하는 부위로서 외이, 중이, 내이로 구분할 수 있다. 권투 선수 마이크 타이슨 덕분에 많은 사람들이 그 중요성을 알게 됐으며, 좀비들이 가장 열심히 물어뜯는 신체 부위이기도 하다. 귀는 신체 부위 중 퇴화가 가장 빨리 진행되는 곳으로, 주변을 둘러보면 나이가 많을수록 남의 말을 잘 듣지 못하는 '꼰대형 청력상실증 환자'들을 쉽게 볼 수 있다. 이 환자들의 특징 중 하나는, 청력이 약해지면서 말이 점점 많아지는 것이다. 이처럼 남의 얘기를 일부러 듣지 않는 환자들을 '일부러 귀먹으리'라는 별칭으로 부르는데, 좀비 커뮤니티에서는 이런 환자들을 조롱하기 위한 '일부러 귀먹으리 환자들 귀만 먹으리' 게임이 벌어지기도 한다.

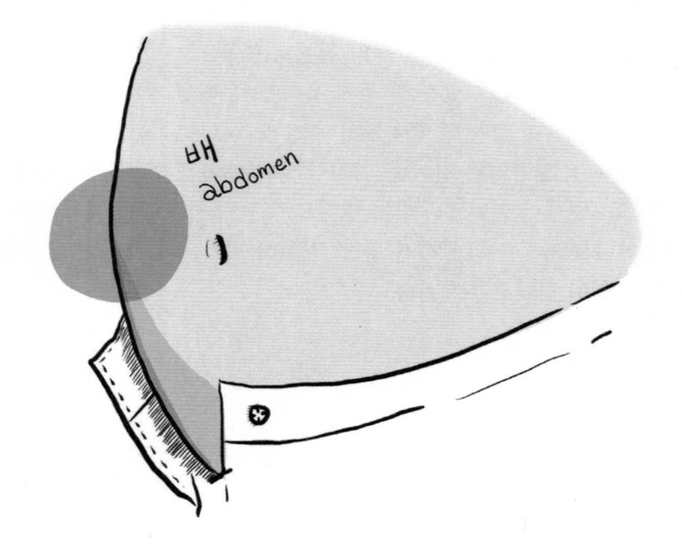
배
abdomen

배

가슴과 골반 사이에 복근으로 둘러싸여 있으며 위, 간, 창자, 췌장, 신장과 같은 주요 장기가 있는 신체 부위를 가리키는 말이지만, 현재는 그저 복근의 유무만 판단하는 부위. 복근이 있는 배는 일상적으로 '배'라고 불리며, 복근이 없는 배는 '똥배' '망할 배' '올챙이배' '운동해야 할 배'로 불린다. 이 부위는 아저씨와 청년을 구분하는 근거가 되기도 한다. 아저씨들은 과도한 업무와 과도한 음주로 인해 이 부위가 지나치게 비대해지며, 한번 비대해진 배는 되돌리기 힘들다. 청년과 아저씨를 판단하는 근거가 되면서 '남자는 배, 여자는 항구'라는 말이 떠돌게 됐는데, 이는 '남자의 경우는 배가 나오면서 점점 몸이 망가지지만, 여자들의 몸은 항구적으로 아름답다'는 말이 와전된 것이다. 이 부위에 복근을 만들기 위해 운동을 하는 사람들은 꾸준히 늘고 있는데, 시간을 많이 투자해도 절대 복근이 생기지 않는 배가 그럼에도 점점 늘어나고 있다. 이를 '배은망덕'이라 부른다.

이동하는 방법은
다양하다.

걷거나

달리거나

기어갈 수 있다.

자전거를 탈 수도 있고,

오토바이를
탈 수도 있다.

자동차나

기차를
탈 수도 있다.

여기까지가
나의 한계다.

A 지점에서 B 지점으로
이동한다고 할 때
여러 가지 방법을
이용할 수 있을 것이다.
천천히 돌아가는 방법도 있고
빠른 속도로 질러가는
방법도 있다.
문제는 속도다.

속도가 빨라질수록
몸은 힘들어진다.

비행기를 타고 유럽으로 갈 때마다
내 머릿속에는
이런 생각이 떠오른다.
"이건 무리다.
너무 빠르다."
이제 겨우
20분 비행한 거야?
비행기 좌석에만
앉으면 정신이 몽롱해지고
시공을 구별하기 어렵고,
몸이 비명을 질러댄다.

목적지에 빨리 도착해야
시간을 버는 것 같겠지만
내가 아는 공식은 다르다.
속도를 줄이면 오히려
우리의 시간이 늘어날 것이다.

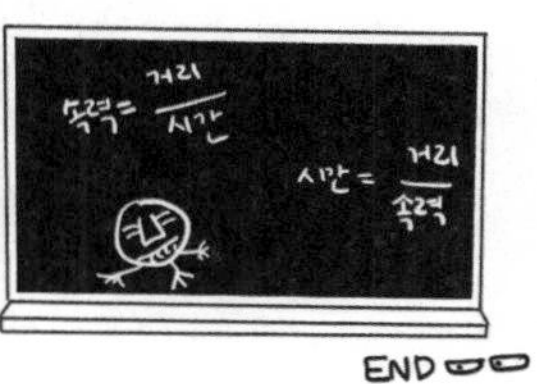

END

몸의 일기 4

마흔을 넘기니 몸 여기저기에서
슬슬 이상 징후가 나타나기 시작한다.
현재 46세
침
침
청아 ~
우선, 눈이 침침해지기
시작했다.
이십대 때는
눈에 불을 켜고
책을 읽었지만,
하하하,
책이요?
노년을 위해서
시력을 아껴둬야죠.
BEER
언젠가부터 이런 핑계를 대며
눈을 보호하고 있다.
그러고는 아이패드로
게임을 한다. 밤새도록.

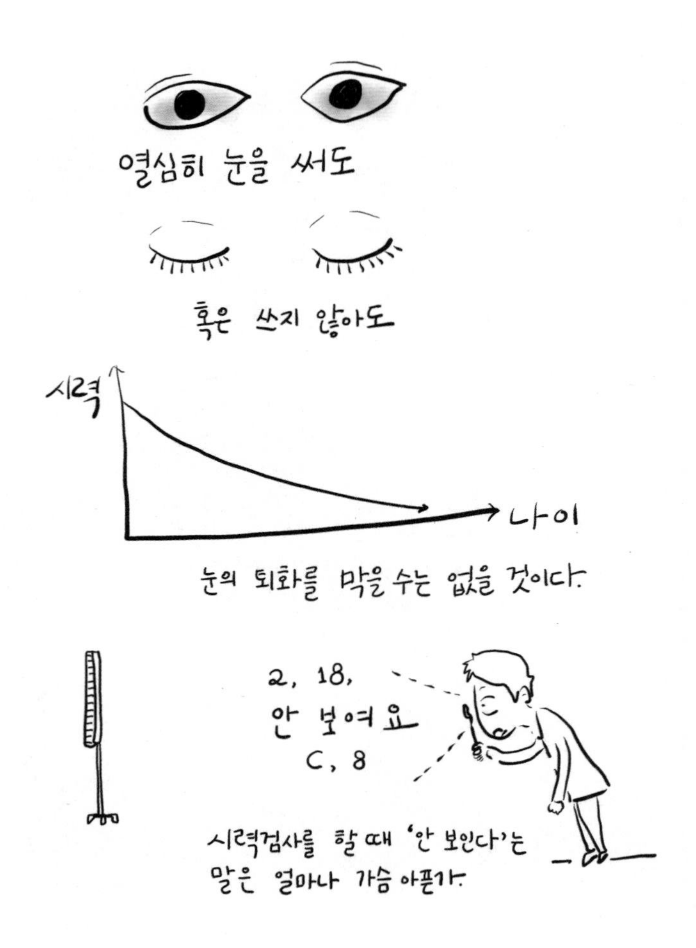
열심히 눈을 써도
혹은 쓰지 않아도
시력
나이
눈의 퇴화를 막을 수는 없을 것이다.
2, 18,
안 보여요
C, 8
시력검사를 할 때 '안 보인다'는
말은 얼마나 가슴 아픈가.

온 세상이 하얀 설원에서도
멀리 있는 물체를 알아볼 수 있다.

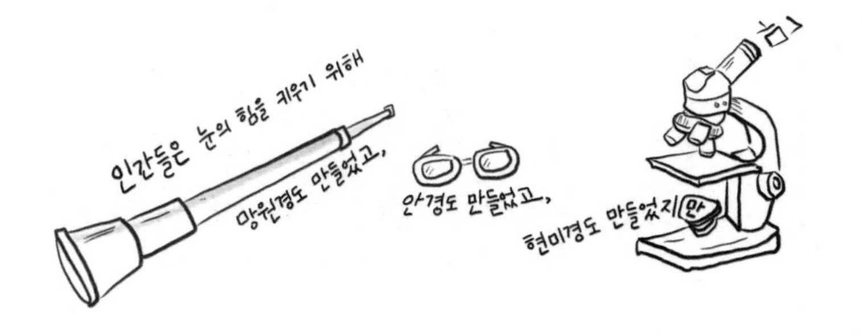

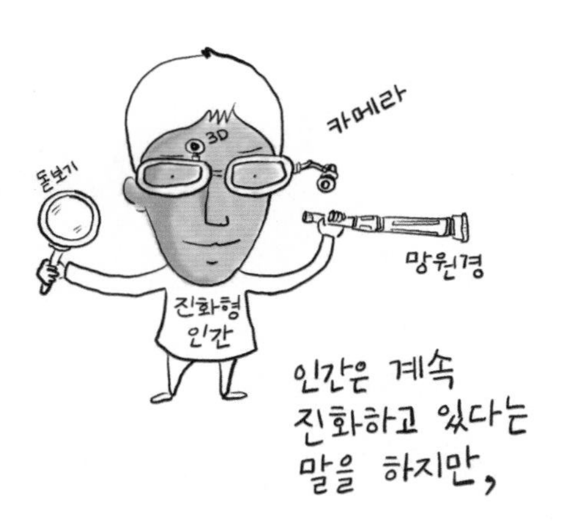
카메라
3D
돋보기
망원경
진화형 인간
인간은 계속 진화하고 있다는 말을 하지만,

아~ 아~
모여라 동물친구들
진정 진화했던 인간은 이누이트나 타잔이었는지도 모르겠다.
난 치타 아님-
END

3부

아름답고 슬프고 경쾌하게 비틀거린다

재채기란 무엇인가

영화 〈족구왕〉에는 난데없는 웃음이 터지는 장면이 몇 군데 있다. 혼자 '풉!' 하고 웃었는데, 과연 웃긴 장면인지는 잘 모르겠다. 텔레비전으로 다운받아서 보았기 때문에 다른 사람들의 웃음을 확인할 길이 없었고(극장에서 영화 보는 게 이런 걸 확인하는 맛이지!), 감독이 코미디를 작정하고 넣었는지도 잘 모르겠다. 첫번째 장면은 '가위바위보 빰 때리기'이다. 여주인공 안나는 주인공 만섭에게 가위바위보 게임을 제안하고, 자신이 이기자마자 만섭의 빰을 후려친다. 얼마 전 유행했다는 게임인데 급작스러운 장면이기도 하고, 빰 때리기의 강도가 워낙 세서 '이건 뭐지' 싶었다. 몇 차례 빰을 때린 안나는 "나 졸라 나쁜 년이니까 좋아하지 마"라는 대사를 남기고 홀연히 자리를 떠난다. 혼자 남은 만섭이 갑자기 재채기를 하는데 난 그 장면이 너무 웃겨서, 마시고 있던 커피를 뿜을 뻔했다. 감독의 연출이었을까, 아니면 배우의 애드리브였을까.

재채기란 과연 무엇인가. 재채기란 "비점막의 자극으로 인해 일어나는 '경련성 반사운동'의 하나로, 주위 환경의 급격한 온도 변화나 물리적, 화학적 충격을 감지한 비점막이 문제 요소를 제거하려고 강하게 반응하면서 일어나는 현상"이다. 갑자기 뺨을 맞은 만섭의 몸은 충격을 흡수·제거하기 위해 비점막을 통해 재채기를 내뱉게 한 것이다.

두번째로 웃겼던 장면은 만섭이 우유팩차기를 설명하는 장면이다. 이걸 보고 웃는 사람은 누구일까. 우선 우유팩차기를 잘 모르는 사람은 이 장면에서 웃을 수 없다. 우유팩차기의 도구를 제작할 때는 주로 '서울우유 커피맛'을 이용한다든지 "팩차기는 족구에 대한 감각을 익히는 데 아주 좋아요. 공에 대한 집중력과 공이 발에 딱 닿았을 때의 감각을 미리 느끼게 만들어주고요" 같은 대사는 웃음기가 전혀 없다. 설명문에 가깝다. 우유팩차기를 한 번도 접하지 않은 사람이라면 '어, 그래서?'라고 다음 대사를 마냥 기다리고 있을 것이다. 그런데 팩차기를 알고 있는 사람이라면 그 장면에서 웃게 된다. 웃을 수밖에 없다. 우리들의 진지했던 장면을, 그러나 돌이켜보면 어이없게도 촌스러웠던 장면을, 주인공이 진지하게 되풀이하고 있기 때문이다. 나 같은 40세 이상의 남자들이라면, 도서관에서 공부 좀 해본 학생이라면, 저런 설명을 누군가에게 한 번쯤 해보았을 것이다.

스무 살 무렵 서울의 한 대학교에 놀러갔을 때, 우유팩차기의 스펙터클을 처음으로 보았다. 그즈음 나는 친구와 함께 '서울의 대학 중에서 제일 싸고 맛있고 양이 많은 구내식당은 어디인가?'를 조사하고 다녔는데(그런 걸 왜 조사하고 다녔느냐고 묻는다면 답은 하나, 돈은 없고 시간은 많고 배는 고프니까), 모 대학교 구내식당에서 맛있는 점심을 먹은 후 담배나 한 대 피우며 품평을 하자고 도서관으로 향했는데, 도서관 앞에서 수많은 우유팩 폐인들이 미친듯이 팩차기 하는 장면을 목격하게 된 것이다. 몇 명쯤 되었을까. 내 기억으로는 한 오십 명이 넘었던 것 같다. 아니 어쩌면 백 명이 넘었을지도 모른다. 운동이 부족한 학생들이 밥 먹고 할 수 있는 유일한 운동이 팩차기였고, 학교에서 가장 큰 공터가 도서관 앞이다보니 거기에 폐인들이 모두 모인 것이다. 그때는 그 풍경이 장관이라 생각했는데, 지금 생각하면 짠하기만 하다. 〈족구왕〉을 보는데 그 풍경이 되살아났다.

군대에서 축구 한 얘기와 군대에서 족구 한 얘기와 대학에서 우유팩차기 했던 얘기는 절대 길게 하면 안 된다는 거 알고 있지만, 주제가 〈족구왕〉이니 이해해주기 바란다. 영화에서 우유팩차기에 대해 길게 설명을 해주었지만 부족한 점이 몇 군데 눈에 띄어 보충 설명을 해주고 싶어졌다.

우유팩차기의 핵심이랄 수 있는 정육면체 우유팩을 만들기 위해 윗부분을 접을 때 주의해야 할 점이 있다. 제대로 눌러주지 않으면 놀이 도중에 접힌 윗부분이 되살아나 정확한 차기를 방해할 수도 있다. 정육면체의 우유팩을 만든 다음 모서리에 구멍을 내고 살짝 바람을 불어넣어주면 더 팽팽한 팩을 만들 수 있다는 것도 중요한 팁이다. 마지막으로 지역의 차이일 수도 있겠지만 내가 다니던 학교에서는 새 우유팩보다 중고 우유팩을 더욱 선호했다. 새 우유팩은 모서리가 너무 날카로워서 초보자들이 다루기 까다롭다(어디로 튈지 모르는 우유팩차기를 선호하는 사람들은 새 우유팩을 이용했는지도 모르겠다). 전문가들이 나서서 새 우유팩을 적당히 다뤄주고 나면 우유팩의 모서리가 뭉툭해진다. 정육면체의 날카로운 모서리들이 둥글둥글해지고 나면 우유팩은 우유볼로 변신한다. 축구 국가대표 선수들이 둥그렇게 모여서 패스 연습을 하는 것처럼 우리도 둥그렇게 모여서 우유팩을 하염없이 주고받았다. 날카로운 청

춘의 모서리가 천천히 닳고 있다는 느낌으로, 속이 텅 빈 채 누군가에게 얻어맞는다는 기분으로, 하염없이 팩을 주고받았다.

영화 〈족구왕〉의 장르가 코미디나 로맨스로 분류되어 있지만 나는 SF로 보았다. 〈족구왕〉은 족구가 사라진 근미래의 이야기이며, 타임머신을 타고 미래로부터 날아온 주인공이 족구를 탄압하는 세력과 맞서 싸우며 토익과 공무원 시험에 세뇌당해 있는 민중을 해방시키는 내용이다(내가 말해놓고도 설마 이런 내용이었나 싶긴 하다). 〈족구왕〉에서 자주 인용되는 영화 〈백 투 더 퓨처〉(아, 추억의 영화다, 친구들에게 '침 튀기기 위해' 얼마나 이 영화 제목을 자주 읊조렸던가, 특히 '백 투 더 퓨처 투'는!)와 마찬가지로 〈족구왕〉의 정서는 향수로 가득차 있다. 우린 무엇인가 잃어버렸으며, 무엇을 잃어버린지도 모른 채 이상한 방향으로 달려가고 있다고, 영화는 내내 말하고 있다. 말하자면 〈족구왕〉은 주위 환경의 급격한 변화로부터 무엇인가를 지키고 싶어하는, 재채기 같은 영화인 셈이다.

〈족구왕〉에는 웃기는 장면이 많다. 여러 번 웃었다. 많은 사람들이 웃을 만한 대목에서도 웃었고, 앞의 두 장면에서도 나는 웃었다. 앞의 두 장면에서 많은 사람들이 웃었을 수도 있다. 『내 몸의 신비』이규식 옮김, 동문선, 2002를 쓴 앙드레 지오르당에 의하면 "웃는다는 것은 생명의 방어기제"이다. "불합리하고 예상외이고 공격적이며 교란시키는 현실과 기대치(혹은 습관) 사이의 불일치를 보상하는 것"이다. 웃음도 재채기의 일종일 것이다. 어쩌면 〈족구왕〉은 많은 사람들과 함께 극장에서 봐야 할 영화였는지도 모르겠다. 웃음은 족구처럼 쉽게 전염된다. 내가 웃으면 네가 웃고, 우리가 웃으면 그가 웃는다. '웃어라, 모두가 너와 함께 웃을 것이다'(우는 뒷부분은 생략). 우리는 과연 웃음을 전염시켜 '주위 환경의 급격한 변화로부터' 우리를 지킬 수 있을 것인가.

곧 족구와 우유팩차기를 금하는 시대가 올 것이다. 이미 그런 시대로 접어들었는지도 모르겠다. '족구 하지 마'(빨리 읽으면 곤란)라는 명령이 내려올지도 모르겠다. 뺨을 처맞아도 그냥 조용히 찌그러져 있으라는 명령이 내려올지도 모르겠다. 하지만 우리가 그럴 수 있나. 우리가 얼마나 잘 웃는 사람들인데, 우리가 얼마나 서로를 잘 웃겨주는 사람들인데…… 어딘지 모르게 어설프지만, 그 어설픔마저도 뭔가 고도의 전략처럼 느껴지는, 유희 정신으로 가득한 〈족구왕〉의 웃음을 지지한다. 누군가 족구와 우유팩차기를 금지시키면 다 함께 가운뎃손가락을 높이 쳐들고 이렇게 외쳐보자. 족구왕!(이번에는 빨리 읽어보자.)

발끈하는 소년들

올해로 4년째 '1일 1초' 비디오를 찍고 있다. 휴대전화기로 매일 찍은 동영상 중에서 오늘을 가장 잘 보여주는 '1초'를 선정한 다음 그걸 이어붙이는 방식이다. 별것 아닌 영상들이다. 사람을 찍을 때도 있고, 하늘을 찍을 때도 있고, 바람이나 빗줄기를 찍을 때도 있다. 별게 아닌 영상들이지만 1년이 365초로 간략하게 압축된다. 10년쯤 찍은 다음 3650초를 한꺼번에 이어서 보면 재미있지 않을까. 사정을 알지 못하는 사람에겐 지루한 '예술영화'일 뿐이지만 나에게는 10년이라는 시간을 고스란히 느낄 수 있는 동영상 일기장 같을 것이다.

1일 1초 프로젝트는 독창적인 기획은 아니다. 누가 제일 먼저 시작했는지는 알 수 없고, 나 역시 인터넷 서핑을 하다가 우연히 알게 됐다. 많은 사람들이 하루에 1초씩 찍고 있었다(그들도 나처럼 계속 찍고 있을까?). '다른 사람들은 1초로 영상을 만드니까 나는 0.5초로 해볼까 아니면 좀더 길게 2초로 해볼까' 처음엔 고민을 했는데, 결론은 역시 1초였다. 0.5초는 너무 짧았고 2초는 너무 길었다. 1초는 묘한 시간이다. 순식간에 지나가지만 지나치게 짧은 시간은 아니다. 적당한 순간이고 절묘한 시간이다. 똑, 딱, 하는 사이로 우리는 어마어마한 풍경을 볼 수 있다.

리처드 링클레이터의 영화 〈보이후드〉는 12년 동안의 기획이다. 같은 사람들이 1년에 한 번씩 만나 12년간 영화를 찍었다. 참으로 무모해서 무시무시한 기획이다. 말하자면 '1일 1초' 프로젝트의 블록버스터 버전이라고 해야 할까. (〈보이후드〉라는 걸작 영화와 비교한다는 게 조금 미안하지만) 형식과 규모는 다르지만 두 개의 프로젝트가 도착하는 지점은 비슷하다. 시간은 우리를 어떻게 마모시키는가. 혹은 우리는 시간을 어떻게 붙잡으려 하는가. 아니, 그럼에도 시간은 어떻게 달아나는가. 아니, 결국 기억은 시간의 부스러기일 뿐인가. 우리가 시간을 살아가는 것 같지만, 착각일 뿐, 우리는 가만히 서 있고 시간이 우리의 곁에서 빠른 속도로 도망치고 있는 것은 아닌가. 우리는 시간의 속도를 따라잡을 수 없다. 우리는 절대 시간보다 빨리 달릴 수 없다. 시간의 앞모습과 마주할 수 없다.

가끔 예전에 찍은 1초 영상을 볼 때가 있다. 1초의 순간은 선명하다. 영상을 찍은 내가 보이고, 풍경과 사건이 기억난다. 1초의 주변은 흐릿하다. 하루 86400초 중에서 오직 1초만 선택에서 살아남았을 뿐 주변의 시간들은 점점 흐릿해진다. 곧 암흑 속으로 사라질 것이다. 기억 역시 그럴 것이다. 우리에게 선택된 기억들은 끊임없이 재생되고 되풀이되겠지만 주변의 기억들은 서서히 암흑 속으로 사라질 것이다. 시간에는 모퉁이가 많아서 우리는 계속 발길을 꺾으며 회전해야 하고, 문득 돌아보면 지나온 길은 잘 보이지 않을 것이다. 미로라고 말할 수도 없다. 시간에는 애초에 출구 따위도 없다. '1일 1초'를 찍기 시작한 후로 시간에 대한 태도가 조금 변한 것 같다는 생각도 든다. 기억이란, 시간이 지나간 후에 되살아나는 것이지만 '1일 1초'를 찍는 순간 나는 이 화면이 나의 기억이 될 것임을 알고, 나는 기억을 선택한다. 나는 능동적으로 순간을 선택하는 게 아니라 나머지 기억들의 가능성을 능동적으로 버린 것일지도 모른다. 아니다. '1일 1초'를 촬영하지 않더라도 그런 과정들은 무수히 반복되고 있을 것이다. 우리는 분명 시간을 맞이하면서 어떤 순간은 의도적으로 기억하고, 어떤 순간은 의도적으로 버렸을 것이다.

〈보이후드〉를 보면서 화면 속 주인공들의 나머지 시간에 대해 생각했다. 〈보이후드〉를 보는 사람들에게 영화 속 시간은 끊임없이 확장되지만 영화를 찍은 사람들에게 시간은 축소됐을 것이다. 시간이 흐를수록 더욱 그럴 것이다. 여섯 살 소년에서 출발해 열여덟 살이 된 주인공 메이슨 역의 엘라 콜트레인에게 〈보이후드〉는 어떤 시간으로 기억될까.

영화 속 엘라 콜트레인의 변하는 얼굴을 볼 때마다, 성인이 되어가는 얼굴을 보는 게 신비롭다는 생각을 하면서 한편으로는 슬펐다. 긴 시간을 다룬 영화에서는 자막에서 '1년 후'라는, 영화 속 시간의 경과를 표시해줄 때가 있다. 우리는 그게 거짓말인 걸 안다. '당신도, 나도, 시간이 1년 흘렀다고 칩시다'라는 약속일 뿐이다. 하지만 〈보이후드〉에는 그런 자막이 없는데도 우리는 엘라 콜트레인의 얼굴을 보며 '1년 후'라는 걸 안다. 골격이 커지고 얼굴이 길어지고 눈썹이 짙어지고 거뭇거뭇한 수염이 자란다. 영화 속 엘라 콜트레인의 얼굴은 열여덟 살에서 멈춘다. 남성의 경우, 성장은 열여덟 살에서 멈춘다. 모든 게 완성된 상태에서 영화가 끝나는 셈이다. 영화가 끝나는 순간부터 랄프 월도 에머슨의 경구가 빛을 발하게 될 것이다. "자연은 실로 모욕적인 방식으로 우리에게 암시하고 경고

한다. 머리카락을 뭉텅뭉텅 뜯어놓고, 시력을 훔치고, 얼굴을 추악한 가면으로 바꿔놓고, 요컨대 온갖 모멸을 다 가한다." 〈보이후드〉는 주인공의 파멸을, 죽음에 이르는 길을, 더이상은 보여주지 않는다. 보이후드에 대한, 성장에 대한 영화니까.

우리 모두는 누군가가 하늘 높이 던진 야구공 같은 존재들이다. 끝도 없이 높이, 아주 높이 하늘로 올라가다 어느 순간 정점에서 잠시 머물곤 곧장 아래로 추락한다. 영화 속 어머니 역할의 퍼트리샤 아퀘트는 아들을 대학으로 떠나보내며 "난 그냥, 뭔가 더 있을 줄 알았어"라고 소리지르며 운다. 추락을 앞둔 야구공의 고백이다. 어쩐지 그 마음을 알 것 같다. 누구나 뭔가 더 있을 줄 아니까 사는 거지. 어머니를 떠난 메이슨은 대학의 오리엔테이션을 빼먹고 친구들과 하이킹을 떠난다. 몇몇 친구는 천천히 흘러가는 강물을 보며 앞으로 펼쳐질 자신들의 삶을 스스로 축복한다. 메이슨은 처음 만난 여자친구와 조심스럽게 이야기를 나눈다. 여자친구는 이렇게 말한다. "사람들은 순간을 붙잡으라고 말을 하잖아. 하지만 난 순간이 우리를 붙잡는 것 같아." 강을 바라보며 승리를 장담하는 친구들에 비해, 순간이 우리를 붙잡는다는 생각은 얼마나 부드러운가. 어차피 우리는 순간을, 시간을 이길 수 없다. 야구공이 정점에 오랫동안 있으려면 순간에 점령당하는 수밖에 없다.

시간의 앞모습을 포기해야만 한다.

영화를 다 보고 나니 새로운 기획이 떠올랐다. 하루에 한 문장씩 10년 동안 소설을 쓰면 어떤 작품이 나올까. 아니면 〈보이후드〉처럼 10년간 여름휴가 기간에만 소설을 쓴다면 어떤 작품이 나올까. 카메라는 이야기와 풍경과 시대를 함께 잡아낼 수 있지만 문장으로도 과연 그게 가능할까. 문장에 동시대를 반영할 수 있을까. 문장의 비유가 시대의 풍경을 낚아챌 수 있을까. 아마도 무척 힘든 작업이 될 것이다. 예술이란 결국 인간과 시간의 협업이라고 가정한다면, 〈보이후드〉는 뭔가 대단한 일을 해낸 것 같다.

영화 〈보이후드〉를 보고 깊은 감동에 빠졌다가 곧바로 두 가지 의문을 떠올렸다. '어째서 〈보이후드〉는 남자아이가 성에 눈뜨는 과정을 철저하게 배제했는가?' 그리고 '어째서 12년이라는 세월 동안 메이슨 주변에서는 죽는 사람이 한 명도 없는가?' 두 가지 의문은 하나로 통합될 수 있을 것이다. 섹스란 새로운 인간을 탄생시키는 과정인 동시에, 죽음과 아주 가깝게 붙어 있는 말이라 가정한다면 리처드 링클레이터가 '섹스'와 '죽음'의 이야기를 의도적으로 빼버린 이유가 짐작이 된다. 특정 스포츠 심사위원들이 최고점과 최저점을 뺀 점수를 평균 내서 등수를 정하는 것과 같은 이치라고나 할까. 가장 흔하지만, 또한 가장 극단적이기도 한 섹스와 죽음이 〈보이후드〉에는 빠져 있다.

어린 메이슨이 마당 구석에서 브래지어 팸플릿을 보면서 이상한 웃음을 지을 때, 나는 '소년 시절'에 대한 이야기를 기대했다. 동네 형들과 맥주를 마시며 여자아이들에 대한 허세 가득한 음담을 할 때 역시 그랬다. 그러나 그게 다였다. 물론 〈보이후드〉는 '주인공 메이슨이 성에 눈뜨는 영화'가 아니다. 아닌 걸 알고 있지만 그래도 한 명의 소년이 남자로 거듭나는 과정에서 성적인 부분이 지나치게 적다는 생각은 지울 수 없다. 이럴 거면 영화 제목을 〈차일드후드〉로 해야 하는 거 아닌가, 괜히 심통을 부려본다(맞다, 걸작 영화에 대한 소심한 투정이다). 리처드 링클레이터 감독은 일반적인 소년이 아니라 '이상적인 소년'의 모습을 그리고 싶었던 것일까.

남자들은 대부분 알겠지만, 15세와 16세 즈음의 소년들은 인간이라기보다는 동물에 가까운 존재들이다. 15세와 16세 즈음의 소년들이 이 글을 읽고 발끈한다면, 가슴에 손을 얹고 잘 생각……(아니 거기말고, 가슴에 손을 얹으라고!)해보길 바란다. 몇몇 별종 소년들을 제외하곤 대부분 고삐 풀린 망아지와 큰 차이가 없을 것이다.

인류 역사상 오랜 기간 동안 남자들은 15세에 생식 과정을 시작하고 20세에 2세를 낳았다. 인류학자 수잔 프레이저가 454가지 전통문화를 연구한 결과 신부의 평균 연령은 12세에서 15세였고, 신랑의 평균 연령은 18세였다. 문명화된 도시의 문제는 사회화 과정이 지나치게 길다는 데 있다. 18세면 이미 육체적으로 완성된 동물들인데, 여전히 학교에서 무엇인가를 배우고 있으니 부조화가 발생할 수밖에 없다. 아마도 소년의 '몽정'이 부조화의 시작일 것이다. 소년은 '몽정'으로 사정을 경험한다. '소년의 몽정'은 자발적인 행동이 아니라 새로운 단계로 진입하는 본능적인 몸의 과정인데, 소년에게는 이 과정을 받아들일 만한 능력이 없다. 자신의 몸을 부정하게 되고, 부끄럽게 여기게 되고, 덕분에 새로운 비밀이 탄생한다. 많은 소년들에게 이것은 최초의 비밀이다. 이때부터 자위행위의 역사가 시작된다. 고삐 풀린 망아지 같은 소년들의 밑바닥에 이런 부조화가 있을 것이라고 (내가 무슨 성 관련 전문가는 아니지만) 오래전부터 생각해왔다. 나 역시 그 시절을 통과해왔다.

소년들의 자위행위에는 묘한 슬픔이 있다. 섹스가 죽음과 맞닿아 있듯 자위행위 역시 죽음과 맞닿아 있다. 방문을 걸어 잠그고 혼자서 온갖 상상을 하거나 (특정한) 영상 자료의 도움을 받아가면서 힘들게 공들여 사정을 한다. 외롭고 쓸쓸한 일이다. 정액이 배출되고 나면 어마어마한 무게의 허무가 찾아들고, 죽음이 코앞에 와 있는 듯한 감각을 느끼기도 한다. 또한 자위행위는 종족을 번식하기 위한 본능적인 전략이기도 하다. 남자에게는 정기적으로 정액을 배출시켜 싱싱한 정자를 계속 만들어내야 한다는 본능이 숨어 있다. 슬픈 자위행위다. 소년들은 자위행위를 '견디며' 남자가 된다.

메리 로치의 골때리는 성 관련 보고서 『봉크』에는 '자위행위'를 금기시하던(뭐, 지금도 장려하고 있지는 않지만) 시절의 이야기가 나온다. '사랑하는 사람의 몸속으로는 정자를 흘려보내도 (영혼이 느끼는 기쁨으로 인해 잃어버린 부분이 보충되어서) 생기를 잃지 않는 반면' 무분별한 수음은 발기 불능, 시력 상실, 심장병, 정신이상, 구부정한 어깨, 처진 근육, 끈끈한 손 등 각종 질병을 수반할 수 있다는 것이다. 만약 이 내용이 사실이라면 영화 〈돈 존〉의 주인공 역을 맡은 조셉 고든 래빗은 진작 시력을 잃고(바바라 역의 상대 배우 스칼렛 요한슨도 못 알아보고) 정신도 이상해지고(진정한 사랑을 이루지도 못하고) 그 좋아 보이는 근육도 다 잃고 말았을 것이다. 『자위—극심한 공포의 역사』에 나오는 크롬랭크 박사는 "자위하고 싶은 욕구에 휩싸일 때에는 철학이나 역사책의 어려운 부분을 외우라"고 권했다. 정부가 중고등학교 교과과정에서 '철학'과 '역사'를 강화해야 할 필요가 생겼다.

크롬랭크는 참으로 고약하게 일관성이 있는 사람이어서 자위를 방지하는 여러 가지 비책을 얘기했는데, 그중에는 남자들에게 자신의 성기를 함부로 만지지 말라는 것도 있었다. 무심결에 스스로를 자극하는 일이 없도록 하기 위해서였다. 소변 볼 때도 "빨리 소변을 보고, 바지에 소변 몇 방울을 흘리는 한이 있다 해도 페니스를 털지 말"라는 충고를 하기도 했다. 타임머신을 타고 과거로 날아갈 수 있다면 크롬랭크 씨를 만나 한마디해주고 싶다. "제발, 좀!"

내가 처음으로 보았던 포르노그래피 영화가 지금도 또렷하게 기억난다. 몇 살 때였는지는 말 못하겠지만 비교적 어린 나이였고, 성적인 것에 큰 관심이 없을 때였다. 〈보이후드〉의 메이슨이 브래지어 팸플릿을 보던 것처럼 포르노를 보았다(아마 메이슨도 동네 형들과 포르노를 보지 않았을까?). 화면 속 금발의 여자는 외계인 같아 보였다. 가슴이며 엉덩이며 모든 게 비정상적으로 컸고, 표정 역시 생전 처음 보는 종류였다. 나는 그 모습이 너무 징그러워서 화면을 끄지도 못한 채 계속 지켜보았다. 한동안 그 영상이 눈앞에서 사라지지 않았다. 그후로 여러 번 포르노 영화를 보았다. 친구들과 함께 본 적도 있고, 혼자서 몰래 본 적도 있다. 그때의 충격적인 영상들을 보면서 내 안의 무엇인가가 바뀌었다는 생각이 든다. 그게 무엇인지, 어떤 것에서 어떤 것으로 바뀌었는지 명확하게 말할 수는 없지만 생의 커다란 사건이었음은 분명하다.

소년은 시각에 지배당한다. 어릴 때 보았던 영상이나 어린 시절에 겪었던 시각적 충격에 지배당한다. 어떤 보고에 따르면 '성인 남자가 시각적 대상에 새로이 성적 집착을 하게 되는 경우는 극히 드물다'고 한다. 소년 시절에 보았던 시각적 환상과 함께 소년은 어른이 되고 중년이 되고 노인이 된다. 만약 이 보고가 사실이라면(내 경우엔 사실인 것 같기도 하고 아닌 것 같기도 하고), 남자라는 동물은 얼마나 슬픈가.

자, 그럼 〈보이후드〉에서 부족하다고 느꼈던 부분을 내 식대로 채워서 이야기를 재구성해보자. 메이슨은 브래지어 팸플릿을 보며 성에 눈을 뜬다. 더욱 새롭고 자극적인 팸플릿을 찾아다니던 메이슨은 동네 형들과 어울리다 포르노 영화를 접하게 되고, 그 자극적인 매력에 도취돼 그날부터 방에 처박혀 수음에 전념하게 된다. 기나긴 노력 끝에 수음능력(수능)을 마스터하게 되지만, 수음을 통해 허무한 삶의 본질을 깨닫게 된 메이슨은 돌연 후드티 하나만 입고 긴 여행을 떠나는데……

우리들의 우주 감각

어린 시절을 떠올릴 때마다 잊히지 않는 장면이 하나 있다. 대단한 사건도 아니었고, 마음에 상처를 입은 일도 아니었다. 형과 나는 방학 때면 가끔 안동에 있는 외갓집에 갔는데, 하루에 버스가 두 번만 다니는 시골 중의 시골이었다. 오전에 버스 한 번, 오후에 버스 한 번, 나머지 시간엔 자동차 출입도 거의 없고 가끔 경운기와 오토바이만 먼지 나는 흙길을 달릴 뿐이었다. 조용한 낮이 지나면 깜깜한 밤이 찾아왔다. 마을 사람들 대부분이 농사를 짓기 때문에 저녁 9시만 되면 온 동네가 암흑으로 바뀌었다. 불빛도 많지 않고, 가로등 따위도 없었다.

외갓집을 좋아했지만 화장실만큼은 끔찍하게 싫었다. 화장실은 집에서 멀찍이 떨어진 곳에 움막 같은 형태로 대충 지어 두었는데, 사람이 사용하라고 만든 것인지 지나가는 귀신을 위해 만든 것인지 헷갈릴 정도로 무시무시했고, 냄새나고 더러웠다. 낮에는 눈을 질끈 감고 숨을 참으면 볼일을 볼 만했지만 해가 지고 나면 도저히 그 속으로 들어갈 수 없었다. "빨간 휴지 줄까, 파란 휴지 줄까" 같은 귀신들의 상투적인 질문이 어둠 속에서 들려올 것 같았고, "어두워서 앞도 잘 보이지 않는데 빨간 휴지면 어떻고 파란 휴지면 어떻냐, 이 귀신놈들아, 아무거나 대충 내놓아라"라고 소리치며 아무 휴지나 얻어 써야 할 정도로 화장실의 휴지 상태도 열악했다. 신문지였나, 아니면 일력日曆이었나.

수박을 잔뜩 먹고 잤을 게 분명한 어느 날 밤, 나는 오줌이 마려워 잠에서 깨어났다. 아마 중학생 때쯤이었을 것이다. 아버지는 이렇게 말했다. 중학생이면 어른이다. 그런가, 어른인가. 나는 어른스럽게 '참을 수 있을까' 고민했지만 '참을 수 없다'는 결론에 이르렀다. 나는 일단 밖으로 나가서 깜깜한 밤을 눈으로 더듬다가 화장실로 가는 길을 포기했다. 모든 사물의 윤곽이 흐릿했고, 흔적을 찾기 힘들었다. 외갓집 마당에다 볼일을 볼까 잠깐 고민했지만 귀 밝은 외할머니가 밖으로 나온다면 그것도 참 민망할 것 같아서, 일단 집 뒤편의 논으로 향했다. 어디선가 풀벌레들이 울었고, 나는 바지 지퍼를 내리다가 무심코 하늘을 올려다보았다. 그리고 거기서 무시무시한 하늘을 보았다. 완벽하게 까만 어둠을 배경으로 동네 이웃집 안방의 불빛처럼 별들이 반짝이고 있었다. 코앞에 우주가 있었다. 아름다웠다고 하면 좋겠지만, 첫 느낌은 '무섭다'라는 생각뿐이었다. 어둠이 나를 압도했고, 별들이 나에게 쏟아졌다. 나는 어둠과 별빛이 너무 무서워서 곧장 되돌아왔다. 앞이 잘 보이지 않는데도 성큼성큼 걸어와서 외갓집 마당에 볼일을 보고 얼른 방으로 들어갔다.

나이가 들어서도 우주에 대한 이미지는 별반 달라지지 않았다. 나는 밤하늘을 올려다볼 때마다 무섭다는 생각이 자주 든다. 유성우를 구경하러 파주의 구석진 동네에 갔을 때도 그랬고, 군복무 시절 인적이 거의 없는 탄약 창고 근처에서 경계근무를 서다가 코앞까지 밀고 내려온 (적군 아닌) 어둠에 포위당했을 때도 그랬다. 안 무서운 게 이상한 거 아닌가? 우리가 하늘이라고 부르는 저 위의 공간은 그냥 텅 빈 우주 공간이다. 지붕 같은 게 아니다.

우주 탐사를 다녀온 비행사들을 인터뷰한 다치바나 다카시의 『우주로부터의 귀환』 전현희 옮김, 청어람미디어, 2002이라는 책을 읽을 때도 나는 자주 소름이 돋았다. 어떤 비행사는 우주 공간에서의 체험을 이렇게 묘사했다.

"머리 꼭대기부터 발끝까지 오싹하게 나쁜 기분이 전신에 침투해들어온다. 빛도 없고 아무것도 없으며, 나 이외에 아무것도 존재하지 않는 세계가 주는 이상한 기분, 만일 내가 무슨 활동이라도 하고 있으면 덜할 수도 있었겠지만, 아무것도 하지 않고 다만 거기에 떠 있을 때의 기분 나쁨. 그보다 더 나쁜 기분은 평생 느껴본 적이 없다."

글로 읽기만 해도 기분이 나빠진다. 어릴 때 보았던 캄캄한 어둠이 순식간에 되살아난다. 그때의 나는 곧장 등을 돌려 외갓집으로 귀환할 수 있었지만, 지구가 저기 눈앞 먼발치에 보이는 상태에서, 그런 우주에서 맞는 공간의 무한함이란 얼마나 무시무시한 감각일까. 위도 깜깜하고 아래도 깜깜하고, 앞도 뒤도 왼쪽도 오른쪽도 깜깜하다. 도대체 어떤 기분일까.

우주를 체험한 후에 느낄 수 있는 신비로운 고독감 같은 것을 흔히 우주 감각cosmic sense이라 부른다. 역사상 위대한 정신적 스승들이 평범한 인간들과 달랐던 지점이 바로 이 우주 감각이었다. 위대한 스승들은 우주에 나가지 않고도 무한한 공간을 느끼고, 우주에 나가지 않고도 신이라는 존재를 규정했으며, 무중력을 체험하지 않고도 내가 속하지 않은 세계의 무게를 가늠할 수 있었다. 그렇다면, 뒤집어 생각해보자. 기술이 진일보하여 우주여행이 자유로워진다면, 누구나 개인 우주선을 타고 우주로 나갈 수 있게 된다면 인간은 어떤 존재가 될까. 모든 사람들이 위대한 정신적 스승이 될 수 있을까. 그렇지는 않을 것이다.

1960년대 미국과 소련은 서로에 대한 적대감을 우주에다 쏟아부었다. 경쟁하듯 지구를 벗어났고, 지구를 수십 수백 바퀴 돌았으며, 달까지 정복했다. 우주를 개척하려는 마음은 인간만이 지닐 수 있는 숭고함일 수도 있고, 인간만이 지닐 수 있는 무모한 야망일 수도 있다. 무시무시한 우주의 한복판에서 지구를 바라볼 그날을, 나 역시 꿈꾸고 있다.

우주에 나가지 않고도 우주 감각과 유사한 감각을 체험할 수 있는 장소를 하나 알고 있다. 우주에서처럼 시간이 휘고, 중력이 사라지며, 몸무게가 가벼워지고, 내가 알지 못하던 세계를 응시할 수 있는 곳을 한 군데 알고 있다. 바로 책 속, 특히 소설책 속이다. 물론 소설을 열심히 읽는다고 위대한 스승이 되지는 않는다. 위대한 스승은커녕 (요즘 같아선) '시간이 남아도는 한량' 소리 듣기 딱 좋다. 하지만 단언컨대(라는 말을 무척 싫어하지만 꼭 한번 써보고 싶었다) 끝까지 읽을 만큼 재미있는 소설을 만나면 어떤 방식으로든 '유사 우주 감각'을 체험할 수 있다.

소설을 읽는 일은 참으로 신비로워서 허구의 인물들이 내 친구들처럼 생생하고, 허구의 장소에서 겪은 일들이 내 경험처럼 또렷하다. 실제처럼 분명하고, 때로는 실제보다 더 실제 같을 때도 있다. 소설을 읽으며 그 속에 빠져 있는 순간 기이하게도 나의 시간은 더 늘어난다. 나의 하루는 24시간이 아니라 26시간이 된다. 종이 위의 글씨에 집중하는데, 기이하게도 내 감각은 다른 공간으로, 우주로, 더 큰 세계로 뻗어간다.

기술이 발전하여 모든 것이 더 빨라지고, 기능이 더 많아지고, 정확도가 더 높아진다 해도 인간의 감각을 능가할 수는 없을 것이다. 읽고 상상하는 힘을 따라잡을 수는 없을 것이다. 우리에게 지금 필요한 것은 더 많은 우주선과 미사일이 아니라 더 많은, 더 다양한 소설일지도 모른다.

숭고한 자위행위

우주에 남는 역할은 왜 전부 남자들의 몫일까. 〈인터스텔라〉를 보다가 〈그래비티〉를 떠올렸다. 〈그래비티〉에서 조지 클루니는 샌드라 불럭을 살리기 위해 자신의 생명줄을 끊는다. 〈인터스텔라〉에서 매튜 매커너히는 앤 해서웨이를 살리기 위해 자신의 우주선을 본체에서 분리한다. 기사도 정신의 확산을 위한 교육적 목적일까, 아니면 멋진 매력남들을 우주에 남겨둠으로 관객의 안타까움을 배가시킨다는 영화적 전략일까. 내 생각엔 '남자들은 별생각이 없기 때문'이다.

남녀의 차이에 대한 뛰어난 보고서인 오기 오가스와 사이 가담의 『포르노 보는 남자, 로맨스 읽는 여자』왕수민 옮김, 웅진지식하우스, 2011에는 이런 비교가 나온다. "여자들은 남자들에 비해 감정적인 상황을 더 많이 반추하고 나쁜 감정이나 부정적인 인생 경험에 대한 기억을 더 자주 떠올린다고 한다. 여자들은 남자들에 비해 감정적인 기억을 떠올리는 속도가 빠르며, 생생하고 강렬하게 그때의 감정을 기술한다. 여자들은 신상에 대해 월등한 기억력을 갖고 있다. 남자들에 비해 여자들은 더 세세하게 기억을 하며 추억에 대한 서사도 더 길다."

대부분 공감할 만한 분석이다. 주변을 둘러보면 대체로 그렇다. 남자들은 잘 잊어버리고, 추억은 여자들에게만 있다. 내가 시나리오 작가였더라도 기억하는 사람을 여자로 하고, 사라지는 사람을 남자로 했을 것 같다. 반대는 아무래도 이상하다. 살아 돌아오는 게 불가능한 우주에서의 이별이라면(흠, 〈인터스텔라〉는……) 더욱 그렇다.

남자와 여자의 극명한 차이를 보여주는 일화가 하나 더 있다. 어느 커뮤니티 사이트의 하위 카테고리 중에서 '미스드 커넥션Missed Connection'이라는 코너는, 서로 만난 적이 있거나 '썸'을 탔거나 끌렸지만 갑작스러운 사정 때문에 연락이 끊긴 남녀가 메시지를 남기는 곳이다. 남자들이 가장 많이 이용하는 문구는 '찾습니다'였다. 그렇다면 여자들이 가장 많이 쓴 문구는? '당신이 그리워요'다. 남자들은 다시 만나야 한다는 목적을 중요시하고, 여자들은 현재의 상태에서 과거를 추억한다. 무척 다른 동물이 아닐 수 없다(일반화의 오류가 살짝 있긴 하겠지만). 남자들은 여자들을 찾을 때 흥분하고, 여자와 함께 있을 때 긴장하고, 여자들이 사라지고 나면 방향을 잃은 불나방처럼 멍청해지는 것 같다. 장진 감독의 〈킬러들의 수다〉도 그랬고, 〈덤 앤 더머〉나 월 패럴의 영화들도 대부분 그랬다. 남자들끼리 모였는데 멍청하지 않다면 그건 지나치게 비현실적인 영화인 셈이다. 남자인 내가 보장하는데, 영화보다 더하면 더했지, 덜하지 않을 것이다.

얼마 전에 본 정용택 감독의 〈파티51〉이라는 다큐멘터리 영화 역시 백치미 가득한 남자들이 단체로 등장하는 작품이다. 사실 이 영화에 관심을 갖게 된 것은 영화 〈보이후드〉와 소년의 자위행위에는 어떤 관련이 있는지를 다룬(이런 내용이었던 거 맞아?) 앞선 글의 배경음악으로 추천하려고 했던 야마가타 트윅스터의 〈내숭고환 자위행위〉라는 노래 때문이었다. 제목 때문에 깔깔거리며 웃다가(음, 내숭으로 가득찬 고환이란 어떤 고환인 것일까, 숭고한 고환인 것일까) 다 듣고 나서는 어쩐지 뭉클해지기도 했던 노래라서 곡과 함께 뮤직비디오를 권하고 싶었는데(흐흐, 청소년 관람 불가다) 더 좋은 기회가 생긴 것이다. 〈파티51〉에 '한받(a.k.a. 야마가타 트윅스터)'이 주요 등장인물로 나온다. 철거 위기에 놓였던 홍대 앞 칼국숫집 '두리반'에서 성장해가는 여러 뮤지션들의 삶과 음악에 대한 다큐멘터리인데, 예상과는 달리 비장하지 않고 '잉여스러움'도 충만한데다 '한받' '밤섬해적단' '회기동 단편선' '하헌진' 등 새로운 세대의 뮤지션을 접할 수도 있는 좋은 기회다.

영화 속에는 한받이 일본 도쿄의 시모키타자와(일본의 홍대 같은 곳이다)에서 게릴라 공연을 펼치는 장면이 나온다. 수많은 갤러리를 이끌고 춤을 추는 그의 모습을 영화에서 만나니 감격스럽기까지 했다. 가사 때문이기도 할 것이다. 〈내숭고환 자위행위〉의 가사는 이렇다. "집안에만 처박혀/ 방구석에 처박혀/ 내 가슴은 답답혀/ 숨 못 쉬니 숨막혀/ 허구한 날 처박혀/ 빈속에다 술 마셔/ 밥 먹다가 목 막혀/ 울먹이다 열 받쳐/ 내숭고환 자위행위." 짧고 단순한 가사인데도 이상하게 마음 깊은 곳을 찌른다. 한 청년의 모습이 눈에 선하다. '방구석에 처박혀 빈속에다 술 마시고 울먹이다 열 받친' 주인공을 한받 자신으로 생각하는 것은 아니지만(저 그렇게 예술을 모르는 사람은 아니에요) 내숭적이었던 고환이 드디어 거리로 뛰쳐나가 일본 도쿄의 한복판을 휘젓고 다니는 것 같아서 속이 후련하기까지 했다. 한받은 '내숭'과 '고환'과 '자위행위'를 끊어서 말할 때의 쾌감이 좋아서 노래를 만들었다고 했지만 나는 진심으로 '자위행위'가 숭고할 수도 있다고 생각한다. 세상의 모든 남자들에게는 성적인 자위행위뿐 아니라 정신적인 자위행위, 규칙적인 자위행위가 반드시 필요하다.

회기동 단편선의 노래 중에서 〈백치들〉의 가사도 무척 공감이 간다. "모텔에 누워서, 생각이란 걸 해봤습니다. 우리는 언제까지 이따위로 살아갈 텐가. 하지만 우리는 뭣도 모르는 백치들. 다시 난 누워서 탐닉에 열중했습니다. (……) 우리는 아무것도 아니잖아. 뭣도 모르는 백치들. 우리는 아무 쓸 데 없잖아. 전진 또 전진 전진. 자살은 하지 말자. 뭣도 모르는 백치들. 세계 끝까지 가보자. 전진 또 전진." 스스로를 백치라고 말하는 이 남자들의 백치미가 나는 무척 마음에 들었다.

영화에는 두리반에서 공연을 하던 뮤지션들이 '자립음악생산조합'의 발기문을 읽는 장면이 나온다. '앞장서서 무슨 일을 일으켜 시작하면서 그 취지 및 목적 따위를 적어 알리는 글'의 명칭이 '발기문'이어서 한받은 얼마나 좋았을까. 그는 '빅자지'라는 명칭을 만들어내고는 "빅자지, 세간의 우려와 달리 큰 자지를 일컫는 것이 아니다. 빅토리의 '빅', 자립의 '자', 땅 '지' 이름하여 승리하는 자립의 땅이 우리를 기다리고 있다"고 외친다. 어쩌면 조금은 유치한 말장난이고, 성적인 코드로 일부러 불편을 조장하려고 하는 태도도 살짝 마음에 걸렸지만, 어쨌거나 전진 또 전진하려는 '백치들'의 마음은 응원해 주고 싶었다. 그들은 때로 진지했고, 가끔 백치들 같았고, 자주 어린아이들 같았고, 아주 가끔 투사 같았다. (대부분) 남자들만 등장하는데도 이렇게 매력적이었던 영화는 〈우린 액션 배우다〉 이후로 오랜만이었던 것 같다.

영화가 흥미로웠던 이유는 등장한 뮤지션들이 모두 매력적으로 불편한 사람들이었기 때문이다. 새로운 세대들은 현실을 불편하게 생각한다. 현실을 만들어놓은 기성세대 역시 새로운 세대들을 불편하게 생각한다. 당연히 그래야 한다. 기성세대와 새로운 세대가 사이좋게 공존한다면, 말로는 좋게 들릴지 몰라도 그 사회에는 아무런 발전이 없다. 불편한 것이 있어야 새로운 발명품을 만들어낼 것이고, 불편한 제도가 있어야 새로운 시스템을 만들어낼 것이다. 우리는 지금 지나치게 편하게 살고 있는 것은 아닐까. 불편한 걸 불편해하는 것은 아닐까. '돈만 아는 저질'이 되고 싶지 않아서 꿈을 좇아가는 '백치들'이 우리들에게 던지는 질문이다.

내 몸은 얼음을 가득 채운 위스키처럼 변했다

농사를 짓고 있는 외갓집에서 일을 도운 적이 있다. 대학에다 휴학계를 낸 후였고, 군에 입대하기 전이었다. 외할아버지와 외할머니께 인사도 드리고, 설렁설렁 일을 도운 후 용돈이라도 얻어볼 심산이었는데, 시기를 잘못 골라도 한참 잘못 골랐다. 외갓집으로 가는 버스에서 황금빛 벼들이 춤을 추는 논을 바라볼 때만 해도 참 아름답다며 감탄을 했는데, 결국 그 많은 벼들이 나의 적이 될 줄은 몰랐다. 외할아버지께 큰절을 하고 난 후, 잠깐 담소라도 나눌 겸 앉아 있었는데 외삼촌께서는 일옷으로 갈아입히고 나를 논으로 끌어냈다. 지금 그럴 때가 아니라는 거였다. 곧 해가 질 테니 어서 외삼촌을 따르라 하셨다. 나는 낫의 사용법을 간단히 익힌 다음 곧장 전투에 투입됐다. 벼들은 많았다. 베어도 베어도 수는 줄어들지 않았다. 강감찬 장군의 심경이 이러하였을까, 이순신 장군의 피로가 이러하였을까 싶을 정도로 나는 곧 지쳤다. 책상 앞에 앉아서 수년을 보낸 몸이 견디기에, 벼베기는 지나치게 난이도가 높은 농사일이었다. 첫째 날 저녁을 먹으면서 나는 졸았고, 소화가 채 되기도 전에 곯아떨어졌다. 다음날은 새벽부터 일이 시작됐다. 둘째 날이 되어보니 가장 힘든 것은 벼의 양도 아니요, 끊어질 듯한 허리도 아니요, 배고픔도 아니요, 시간을 알 수 없다는 막막함이었다. 널찍한 논에는 벽시계 하나 걸려 있지 않았다. 시간을 알 수 있는 곳은 어디에도 없었다. 시간을 물어볼 사람도 없었다. 모두들 허리를 굽히고 벼를 베고 있었다. 답답하다는 이유로 손목시계를 차지 않은 나 자신을 원망했다.

농부들은 하루의 시간을 정확하게 나눌 필요가 없다. 에티오피아 남서부의 콘소족들은 하루를 여섯 부분으로 나누는데, 각 시간의 길이는 서로 다르다. 여섯 부분의 이름은, 그 시간에 해야 할 일에 따라 정해진다. 오후 5시와 6시 사이는 카켈시마kakalseema 또는 '소떼가 집으로 돌아오는 때'라고 부른다. 정확한 시간을 알아야 할 필요도, 시간의 단위를 숫자로 표현할 이유도 없었다. 외갓집의 시간도 그랬다. 외갓집의 시간은 1.아침을 먹기 전에 일하는 시간 2.아침을 먹는 시간 3.점심 먹기 전에 일하는 시간 4.점심시간 5.새참을 먹기 전에 일하는 시간 6.새참 시간 7.저녁을 먹기 전에 일하는 시간 8.저녁 시간 9.그리고 그후의 시간으로 나눌 수 있다. 나는 시계도 없이 그 시간들을 견뎌야 하는 게 고통스러웠다. 나의 집중력은 50분 수업 후 10분을 쉬었던 학교의 시간에 익숙해져 있었다.

외갓집에서의 경험이 군 생활에 큰 도움이 됐다. 외갓집과 군대의 시간은 거의 비슷했다. 막막하다는 점에서 비슷했고, 덩어리가 균일하지 않다는 게 비슷했고, 밥 먹을 때를 빼면 나머지 일과가 거의 비슷하다는 게 비슷했다. 군대에 있을 때 나를 견디게 해준 것은 시계였다. 현재 시간을 안다는 것만으로 나는 만족했다. 전자시계 속의 시간이 바뀐다는 사실에 안도했다.

지금도 그러는지 모르겠지만 훈련병일 때는 시계를 찰 수가 없었다. 당시에는 '도대체 얼마나 대단한 훈련을 받기에 시계도 차지 못하게 하나' 싶었는데 이제와 생각해보니 시간을 모른 채 시간을 견디는 훈련을 받은 게 아니었나싶다. 시계가 없으면, 시간을 볼 수 없으면, 현재의 고통이 영원할 것만 같다. 아무것도 변하지 않을 것 같다.

•

시계가 보급되기 전인 13세기 초 요하네스 데 사크로보스코는 우주를 '기계 같은 세계machina mundi'라고 표현했다. 원어로 발음하면 경상도 사투리 같기도 한 이 말은, 우주를 해석하는 당시 사람들의 생각을 반영한 것이다. 그들은 우주가 기계를 닮았다고 생각했다. 우주를 잘 몰랐다. 1377년 즈음 유럽에 시계가 보급됐다. 시계라는 기계는 우주를 닮게 만든 것이다. 기계 같은 세계를 본떠서 새로운 기계를 만든 것이다.

•

「3개의 식탁, 3개의 담배」라는 나의 단편소설은 시계를 소재로 한 작품이다. 사람들의 손목시계에는 자신이 앞으로 살아갈 시간, 즉 죽을 때까지 남은 시간이 표시된다. 말이 안 되는 설정이지만 어쩐지 그런 이야기를 쓰고 싶었다. 1시간에 1씩 숫자가 줄어드는 시계를 보면서 사람들은 어떤 생각을 하게 될까. 그런 생각으로 출발한 소설이다. 소설에 이런 문장을 썼다.

숫자가 줄어드는 것을 보고 있으면 자신의 신체 어딘가가 지워지는 듯한, 옅어지는 듯한 기분이 들었고, 얼음을 가득 채운 위스키가 점점 부드러워지는 것처럼 자신이 좀더 부드러운 존재가 되는 것 같았다.

우리의 시간은 몇시 몇분 몇초로 표현할 수 없다. 우리는 조금씩 변화하지만 시간은 계속 반복된다. 반복되는 숫자로는 우리의 삶을 표현하기 어렵다. 우리의 삶이 순환되는 24시간 속에 들어 있지는 않을 것이다.

•

우주에 나가면 시간이라는 개념은 완전히 달라진다. 시계도 소용없어진다. 우주선은 지구와 계속 통신을 해야 하는데 대체 어떤 시간을 기준으로 삼아야 할까. 전 세계의 시계는 동일한 시간에 다른 시각을 가리킨다. 미국에만 네 개의 표준시가 있다. 우주의 관점에서 보자면 그리니치 표준시라는 것도 의미가 없어진다.

우주선이 지구의 관제탑과 교신을 할 때 사용하는 시간은 '발사 후 시간'이다. '발사 후 시간'은 다른 사람에게는 아무런 의미가 없다. 오직 우주선에 있는 사람과 그 우주선을 지켜봐야 하는 관제탑만 공유하는 시간일 뿐이다. 그렇지만 결국 시간이라는 것은 그토록 사적인 의미를 지니는 공유물이 아닐까싶기도 하다. 우리는 새로운 친구를 만나서 우정을 쌓으며 '발사 후 시간'을 함께 공유한다. 결혼을 하고, 시간을 공유한다. 두 사람이 공유한 시간은 낯선 사람들이 이해하기 어렵다.

시간의 개념은 완전히 달라진다. 우리가 상대방을 이해하기 위해서는 그 사람이 견뎌온 시간을 짐작해야 한다. 어려운 일이다.

•

얼마 전 스마트워치를 하나 샀다. 스마트워치란 일반 시계보다 기능이 향상된 전자 손목시계를 말한다. 독립적인 시계로도 사용할 수 있지만 대체로 휴대전화기와 기능을 공유할 때가 많다. 카메라, 가속도계, 온도계, 고도계, 나침반, 계산기 등 휴대전화에서 볼 수 있는 기능을 시계로 동시에 볼 수 있다.

처음에는 스마트워치를 어떻게 사용해야 할지 몰라 애를 먹었다. 스마트워치를 들고 다니면 휴대전화기 사용이 줄어들 것 같았는데, (약간의 효과는 있지만) 큰 변화가 생기지는 않았다. 충전을 자주 해야 한다든지 휴대전화기와의 연결이 끊어지면 독립적인 시계로 사용하기도 힘들어진다든지 하는 것은 오히려 일반 시계보다 불편한 점이다.

요즘 스마트워치를 전혀 다른 용도로 쓰고 있다. 우선 만보기로 이용하고 있다. 시계만 보면 내가 하루 동안 얼마나 걸었는지 곧바로 알 수 있다. 내 걸음걸이를 표시해놓은 숫자를 보고 있으면 나의 궤적을 보는 것 같다. 오늘 하루의 남은 시간을 표시하기도 한다. 보통 새벽 1시에 잠이 든다면 새벽 1시까지 몇 시간이 남았는지 표시하게 하는 것이다. 내 소설에 등장하는 시계처럼 오늘 하루가 몇 시간 남았는지 표시하는 것이다. 지금이 몇시인지는 중요하지 않다.

스마트워치로 만들어낼 수 있는 기능은 무궁무진할 것 같다. 시간을 다양한 방식으로 편집할 수 있을 것이다. 에티오피아 콘소족처럼 시간에다 이름을 붙여줄 수도 있을 것이다. 1시간이 아닌 다양한 시간으로 시간을 나눌 수 있을 것이다. 해 뜨는 시각과 해 지는 시각과 정오만을 이용해 시간을 나눌 수도 있을 것이고, 그 시간만 스마트워치에 표시할 수도 있을 것이다.

인간들은 정확한 우주의 원리를 이용해 시계를 만들었지만, 시계는 이제 기계 이상의 의미가 되어가고 있다. 우리가 어떻게 사용하느냐에 따라 시계는 좀더 철학적인 기계가 될 수도 있을 것이다. 시간은 시계 속에 들어 있는 것이 아니다. 시계 역시 시간만을 담는 기계가 아니다. 손목 위에서 우리가 상상하지 못했던 새로운 세상이 펼쳐질 수도 있을 것이다.

지구의 리듬체조

우주 비행사가 되고 싶었다. 그게 뭘 하는 건지도 모르면서 (솔직히 지금도 잘 모른다) 우주 비행사가 되고 싶었다. 생각해 보면 복장 때문이었던 것 같기도 하다. 커다란 창문이 달려 있는 듯한 헬멧, 간호사들도 부러워할 것 같은 하얀색 우주복, 챔피언 파퀴아오에게 10분 동안 두들겨맞아도 안전할 것 같은 각종 보호 장구들, 해저 수십 미터에 빠져도 끄떡없을 방수 방진 시스템 등 그 옷을 한번 입어보고 싶었다. 아이들은 어릴 때면 누구나 그런 꿈을 꾸게 마련이다. 우주복의 무게가 거의 100킬로그램에 달한다는 얘기를 듣고 잠깐 멈칫했지만, 그래도 우주에 나가면 무게라는 게 별 의미가 없을 테니 지금도 한번 입어보고 싶긴 하다. 이제 곧 우주 시대가 열릴 것이고, 누구나 돈만 있으면 우주여행을 할 수 있게 될 것이다. 미리미리 열심히 벌어놓아야 할 텐데…… 갈 길이 멀다.

우주 비행사들의 체험담을 들어보면 공통적으로 하는 말들이 있다. '우주에 나가서 보면 푸른색 지구가 놀랍도록 아름답다'는 것이다. 좀 얄미운 이야기이긴 하다. 이건 마치 'ㅇㅇ집 피자가 진짜 맛있더라'라고 얘기하는 사람에게 '피자는 역시 이탈리아 나폴리에 가서 먹어야지' 하고 면박을 주는 거랑 비슷하다. 누군들 나폴리에 가서 피자를 먹고 싶지 않겠냐고. 누군들 우주에 가서 지구를 보고 싶지 않겠냐고. 또하나 공통적으로 하는 얘기가 있다. 우주선에서 소변을 방출하면 작은 얼음덩어리로 변하며 태양 광선에 의해 빛이 나는데, 그게 그렇게 아름답다는 거다. 이건 그나마 상상의 여지가 있다. 맑은 날 해질녘에 갑자기 가랑비가 날릴 때, 혹은 잔디밭에 누워서 스프링클러가 흩뿌리는 물방울을 볼 때, 지구의 풍경도 무척 아름답다. 흥! 게다가 여긴 오줌도 아니고 맑은 물이라고!

우주의 풍경 중에서 가장 신기한 것은 아무래도 무중력 상태일 것이다. 사람들이 우주선 안을 둥둥 떠다니고, 모든 물건들이 허공에서 맴도는 장면은 아무리 봐도 신기하다. 볼펜을 회전시키면 제자리에서 끊임없이 회전한다. 물을 쏟아도 쏟아지지 않는다. 신기한 모습이 한두 가지가 아니다. 달의 중력은 지구 표면 중력의 6분의 1밖에 되지 않기 때문에(사실, 중력이 사라지면 무게라는 개념은 사라지고 질량만 남을 뿐이지만) 몸무게가 훨씬 줄어들 수 있다는 것도 군침이 도는 장점이다.

'듣기 좋은 꽃노래도 하루이틀이지'라는 옛말처럼 우주 비행사들에게 무중력 상태는 일하기에 좋은 환경은 아닐 것이다. 우주 비행사 마이클 콜린스는 이렇게 말했다. "처음에는 그저 둥둥 떠다니기만 해도 굉장히 재미있지만, 그뒤 한동안은 그게 귀찮아진다. 한 장소에 가만히 머물고 싶어진다." 수많은 여자의 마음을 빼앗은 바람둥이가 결혼해서 정착하고 싶다는 얘기와 비슷하게 들리는데, 생각해보면 그럴 것 같긴 하다. 지금 각자의 방에서 상상해보라. 방안의 모든 것이 전부 둥둥 떠다니는 거다. 연필이며, 컵이며, 휴대전화며, 마우스며, 키보드며, 비상금이며(아니, 비상금이 왜 밖에 나와 있지?), 탁상시계며, 스피커며(이건 떠다니는 게 재미있을 거 같기도 한데) 모든 것이 둥둥 떠다니는 거다. 물건을 찾기도 힘들 것이고(그렇게 되면 무중력 공간 정리 전문가들이 생겨나겠지) 계속 무언가에 부딪힐 것이고(그렇게 되면 모든 물건들을 벽에다 붙여둬야 할 테니 양면테이프나 스티커 산업이 대박나겠지) 생활은 엉망진창이 될 것이다.

행성마다 중력의 영향이 각각 다르므로 만약 외계인이 존재한다 해도 인간들과는 무척 다르게 생겼을 것이다. 어떤 모양일까. 납작한 생선 같은 모양일까(이름하여 도다리족 외계인?) 질량이 거의 없는 구름 같은 모양일까, 어쩌면 아예 형체가 없을지도 모른다. 만약이라고 단서를 잠깐 붙이긴 했지만 나는 외계인의 존재를 믿는 쪽이다. 분명히 있을 것이다. 나는 지구의 곳곳에 외계인들이 모습을 바꾼 채 살아가고 있다고 믿고 있다. 외계인들을 찾아내는 나만의 방법이 있다. 리듬체조를 몹시 사랑한다면 그 사람은 외계인일 확률이 높다. 리듬체조의 면면을 잘 살펴보면 외계인들이 좋아할 수밖에 없는 스포츠라는 걸 알 수 있다.

리듬체조의 가장 중요한 특징은 '중력을 얼마나 잘 이용하는가'이다. 지구에 도착한 외계인들은 중력의 존재가 무척 흥미로웠을 것이다. 잠깐 지구로 여행 왔다 자신의 별로 돌아간 외계인들은 이런 생각을 했을 것이다. '아, 지구는 진짜 구경할 게 별로 없는데 중력은 그립단 말이야.' 미국 드라마 〈빅뱅 이론〉에서 주인공 중 한 명인 하워드가 우주정거장으로 파견 가는 에피소드가 나온다. 지구로 귀환하는 시기가 늦어지자 하워드가 가장 그리워한 것은 친구도, 아내도 아닌 '중력'이었다. 아내와의 영상통화에서 하워드는 이렇게 말한다. "중력이 너무 그리워, 여보. 뭔가 바닥에 떨어뜨려줄 수 있어?" 아내가 연필을 바닥에 떨어뜨리는 장면을 보면서 하워드는 오르가슴에 가까운 쾌감을 느낀다.

아마도 외계의 케이블 텔레비전에서는 '지구의 리듬체조'가 가장 인기 있는 쇼일 것이다(두번째로 인기 있는 스포츠가 패러글라이딩?). 공이 하늘로 솟구쳤다가 떨어지고, 리본이 선을 그리면서 춤을 추고, 행성이 공전하듯 후프가 선수들의 몸을 휘감고, 한 치의 오차 없이 곤봉을 잡아내는 모습을 보면서 이렇게 소리치겠지. "아, 정말 아름다워. 역시 지구는 중력이지! 중력이 몹시 그립군." 외계인들은 지구로 파견 보낼 선수를 뽑는 리듬체조 대회를 개최할 것이다. 중력이 작용하는 연습실을 만들어서 피나는 훈련을 한 다음 지구로 파견 오는 외계인들도 있을 것이다. 그들은 아마 리본의 움직임으로 자신들의 본부에 신호를 보낼 것이고, 곤봉은 그들의 안테나일 가능성이 높다. 리듬체조 보는 것을 몹시 좋아하지만, 나는 외계인은 아니다. 외계인의 눈으로 리듬체조 보는 것을 좋아한다. 높이 솟았다가 떨어지는 곤봉을 보고 있으면 온몸이 찌릿하다. 공이 선수들의 몸 이곳저곳을 돌아다닐 때면 우주에서의 한 장면을 보는 것 같다. 시간이 어떻게 가는지 모르겠다. 정말 아름답다. 지구에 중력이 있어서 얼마나 다행인지 모른다.

×

곤봉과 후프

꼬박꼬박 열심히 잘하는 게 많지 않은데, 감상한 영화와 책과 음악 등에 별점을 매기는 일은 잊어버리지 않고 잘하고 있다. 시간이 좀 지난 후에 5점 만점에 몇 점 정도 줄 수 있는지 생각하다보면, 그 작품이 내게 어느 정도의 감동을 줬는지가 가늠이 된다. 볼 때는 무척 재미있었는데 기억이 잘 나지 않는 작품도 많다. 볼 때는 별다른 감흥이 없었는데, 운동화에 들어간 작은 모래 알갱이처럼 내내 신경쓰이는 작품도 있다. 시간이 조금 지난 다음에 점수를 매기는 게 핵심이다. '거리'가 필요하다. 극장을 나서면서 "아, 이 영화는 별 세 개네"라고 말하는 순간 더이상 생각을 안 하게 된다. 머릿속으로 새로운 아이디어를 떠올릴 때도 마찬가지다. "아, 그래, 그 이야기는 이러저러한 아이디어로 풀어가면 되겠군"이라고 말하는 순간 뇌는 동작을 멈춘다. 입으로 내뱉는 순간 뇌는 알아서 휴식을 취하게 된다. 별점 매기는 일의 가장 큰 기쁨은 연말에 맛볼 수 있다. 한 해 동안 별점을 매긴 작품들을 쭈욱 늘어놓고 올해의 작품상을 정하다보면, 올해도 열심히 살았구나 싶다.

별을 매길 때 가장 중요한 것은 기준이다. 내 마음속에 명확한 기준이 없으면 내가 내 별을 신뢰할 수 없게 된다. 별을 매기던 첫해에는 혼란스러운 순간도 많았다. '아니 이게 왜 별 세 개냐, 네 개는 줬어야지' '야, 이건 별 두 개도 아깝다'라며 분열된 자아가 싸우는 모습도 자주 목격했다. 별점을 매기면서 마음속 여러 자아가 타협하는 방법을 알아냈고, 시간이 흐르면서 (말로는 설명하기 힘든) 어떤 기준이 생겨났다.

예술작품에 별점을 매기는 건 멍청한 짓이라는 사람도 많다. 그 말도 이해가 된다. 소설을 쓰고 있는 사람으로서 내 작품을 읽은 누군가가 별 두 개를 매긴다면, 기분이 썩 좋지는 않을 것이다. 그렇지만 한편으로는 누군가 내 작품을 다 읽고 별을 매겨준 것에 감사하는 마음도 크다. 예술작품들이 누군가에게는 완성품이겠지만 누군가에게는 징검다리가 될 수도 있다. 어떤 사람에게는 목적지처럼 보이겠지만 또다른 사람에게는 경유지가 되기도 한다. 나는 더 많은 별점이 난무했으면 좋겠다. 별 두 개와 별 네 개가 부딪치면서 싸웠으면 좋겠고, 어째서 자신이 별 네 개를 주었는지 주장하는 글들이 많아졌으면 좋겠다. 예술작품을 통해 서로의 의견을 공유할 수 있었으면 좋겠다. 가만히 놓아두면 별은 썩는다.

리듬체조를 볼 때면 생각이 많아지곤 했다. 어떤 방식으로 봐야 할지 기준을 명확하게 세울 수 없었다. 리듬체조를 예술이라고 생각해야 할지 기술이라고 생각해야 할지도 헷갈렸다. '리듬'체조니까 예술을 우선으로 생각해야 하나, 아니면 리듬이 붙는다고 해도 결국은 '체조'니까 기술적인 완성도를 우선으로 봐야 하나. 볼을 들고 자유자재로 움직이는데, 볼이 몸에 붙어서 떨어질 줄을 모르다가 결국에는 하늘 높이 솟아오르는 장면은 몹시 아름다운데, 떨어지는 공을 놓친 선수는 당황한 기색이 역력하다. 하늘에서 떨어지는 공을 놓칠 수도 있는 거지, 놓치는 게 당연하지, 놓친다고 해도 이미 그 자체로 아름다웠으니 상관없지, 싶다가도 '그래, 이건 스포츠고, 저건 실수였어'라는 마음이 들기도 한다. 연기가 끝나고 나면 점수가 발표되는데, 납득할 수 없을 때도 많다. 전문가들이 매긴 점수와 내가 보는 관점은 차이가 날 수밖에 없을 것이다.

나는 리듬체조라는 단어 대신 '리듬 체조 예술'이라는 이름을 사용했으면 좋겠다. 리듬체조를 스포츠라고 생각하고 관람하면, 마음이 조마조마해질 수밖에 없다. 실수를 하면 안 되기 때문이다. 아무리 아름다운 동작이었어도 볼이나 곤봉을 놓치면 감점이다. 연기의 구성에서 난이도가 맞지 않아도 높은 점수를 딸 수가 없다. 스포츠의 세계란 원래 그런 법이다. 나는 리듬체조를 스포츠로 보고 싶지 않다. 선수들의 아름다운 동작에 집중하고 싶지, 실수하지 않길 바라면서 예술을 관람하고 싶지는 않다. 물론 모든 동작을 완벽하게 소화해냈을 때는 탄성이 절로 나오지만, 그건 리듬체조를 기술의 영역에 한정시키는 일이다. 그럴 거면 음악을 틀 필요도 없지.

물리학자 아르망 트루소는 이런 말을 했다. "최악의 과학자는 예술가가 아닌 과학자이며, 최악의 예술가는 과학자가 아닌 예술가다." 소설가 한창훈은 소설을 쓰려는 사람들에게 이런 충고를 했다. "소설가가 되고 싶다고 해서 소설만 읽고 문학 관련 책만 읽는 건 바보 같은 짓이다. 반대의 것을 해야 한다." 아르망 트루소의 말을 내 식대로 비틀어보자면, 최악의 리듬체조 선수는 예술가가 아닌 선수다. 리듬체조에서는 기술적인 완성도와 예술적 성취가 일치할 때가 더 많지만 가끔은 몸의 기묘한 비틀림에서 예술적 전율을 느낄 때도 있다. 손연재 선수나 피겨 스케이터 김연아 선수에게서 우리가 깊은 감동을 받는 것은 기술적 완성도 때문이기도 하지만 손끝과 발끝이 어떤 말을 하고 있는 것 같은 착각이 들기 때문이다. 몸은 아름답고 슬프고 찬란하고 흔들리고 경쾌하게 비틀거린다. 몸은 아무런 말 없이 우리를 감탄하게 만든다.

나는 때때로 리듬체조를 볼 때 볼륨을 끈다. 해설도 들리지 않고 음악도 들리지 않을 때 선수들의 몸에 더욱 집중하게 된다(가끔 나만의 배경음악을 틀어두고 볼 때도 있다). 곤봉을 머리에 얹고 고양이처럼 걸어가는 선수들의 경쾌한 발걸음은 음악보다 아름답다. 후프를 하늘 높이 던질 때의 목선은 어찌나 아름다운지, 후프가 끝내 떨어지지 않았으면 좋겠다는 마음이 들기도 한다. 리본을 계속 회전시키고 있을 때면 사용한 기술의 이름 같은 건 알고 싶지도 않다. 리듬체조는 분명 스포츠이지만, 그래서 순위를 가려야 하고 실수를 줄여야 하지만, 스포츠만으로 보고 있기에는 아깝다는 생각이 든다. 우리만의 방식으로 별점을 매기고 전문가들과는 다른 이야기를 해보자. 리듬체조가 훨씬 재미있어질 것이다.

믿거나
말거나
인체사전

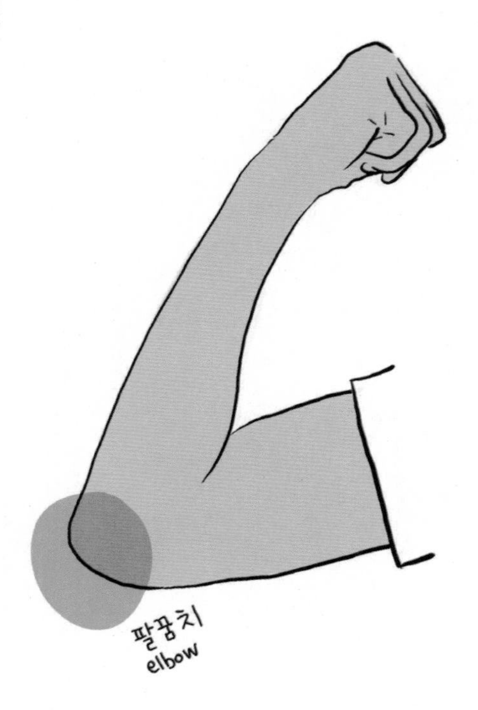
팔꿈치
elbow

팔꿈치

팔의 위아래 마디가 붙은 관절의 바깥쪽. 남들 모르게 폭력을 행사할 때 주로 쓰이는 부위다. 주먹이나 손바닥보다 파괴력이 강하며 공격의 흔적이 잘 남지 않는다. 특히 '인디언밥 게임'을 할 때 일반적으로 손바닥을 사용하지만 상대방에게 맺힌 게 있는 사람들은 이 부위로 공격의 강도를 높이기도 한다. 팔꿈치는 인체에서 가장 세척이 힘든 부위이기도 하다. 길을 걷다보면 팔꿈치가 까만 사람을 쉽게 볼 수 있다. 여러 겹의 피부가 한데 뭉치는 곳이기 때문에 세척의 효과를 쉽게 볼 수 없는 부위이기도 하다.

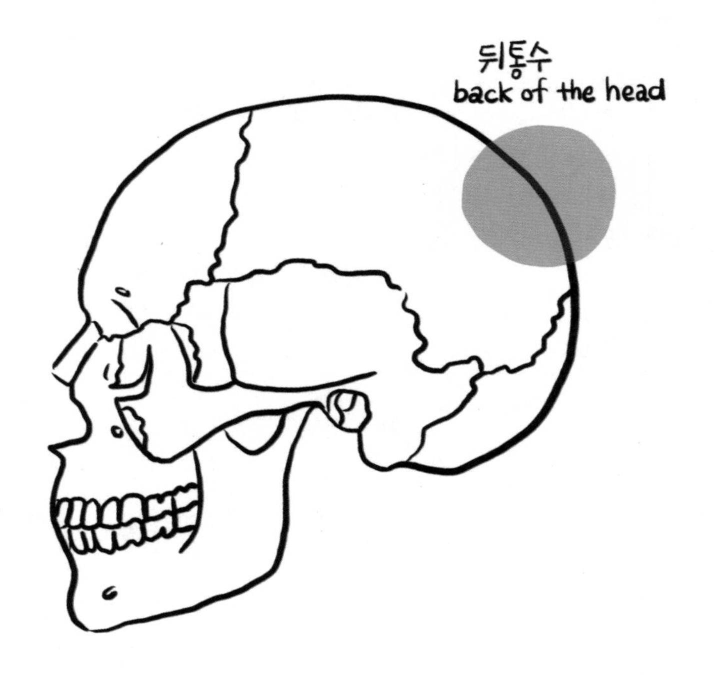
뒤통수
back of the head

뒤통수

뒷골, 후두, 뒷머리라고도 하는 머리의 뒤쪽 부분을 가리키는 말로, 인간의 신체 중 가장 약한 부분이기도 하다. 상대방을 잘 믿는 사람들은 특히 이 부위가 약한데, 신체의 다른 부위와 달리 한번 금이 가기 시작하면 복구가 불가능하다. 뒤통수를 강하게 만드는 육아법이 최근 공개되기도 했다. 머리 모양을 예쁘게 만들겠다는 생각으로 아기를 옆으로 눕히거나 엎어서 재우는 경우가 많은데, 이는 외려 뒤통수 근육을 약화시키는 결과를 초래한다. 아이의 시선이 천장을 향하지 않고 벽이나 바닥을 향하게 되므로 미래 지향적인 성향이 약화되기도 하며, 뒤통수를 언제나 방어해야 한다는 의식 자체가 약해지는 것도 문제다. 이는 뒤통수에 큰 충격을 받았을 때 충격이 더욱 커지는 원인이 되기도 한다.

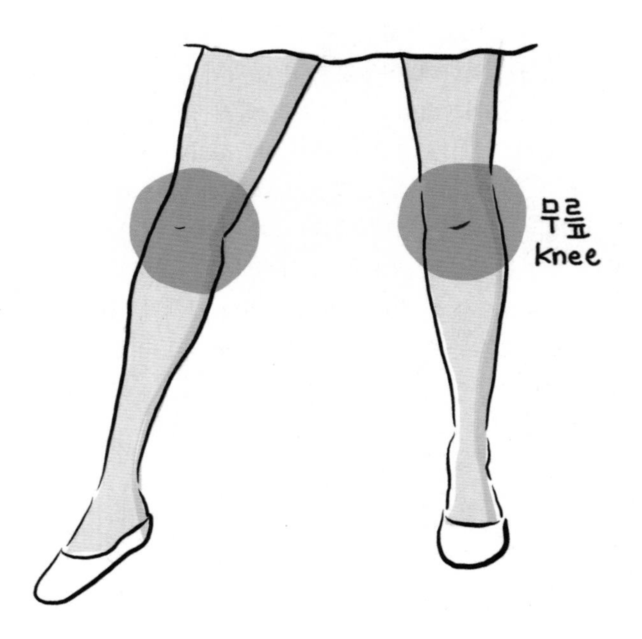
무릎
knee

무릎

넓적다리와 정강이 사이의 관절이 있는 부분을 가리키지만, 주로 상대방에게 꿇고 들어갈 때 쓰이는 부분. 베개로도 자주 쓰인다. 실제로 머리를 대보면 허벅지 베개인 경우가 많은데 어째서 '무릎 베개'라는 단어로 고착됐는지에 대해서는 여러 가지 학설이 존재한다. 가장 유력한 설은 '니킥을 날린다'와의 연계설이다. 사람 몸 가운데 가장 단단한 부분 중 하나인 무릎을 이용한 니킥은 살상력이 높기로 유명하다. 격투기 선수 몇몇이 니킥을 날려서 상대방을 뻗게 만들겠다는 의지를 드러내며 '나의 무릎을 너의 베개로 만들어주겠다'는 표현을 종종 썼는데, 이것이 와전되어 무릎 베개라는 표현으로 굳어졌다는 것이다. 실제로 무릎을 베고 자본 사람들은 알겠지만, 무척 아프다.

파우치 속에 늘 넣고 다니는
두 가지 물건이 있다.

우선 손톱깎이.

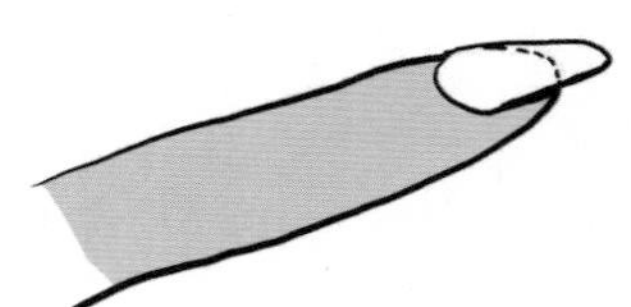

손톱이 길면 글을 쓸 수 없다.
노트북 앞에 앉기 전에
손톱을 깎는다.

또하나는 치실이다.

밥을 먹고 나면
늘 치실을 사용해야 한다.

영화 <보이후드>에
이런 장면이 나오는데,
볼 때마다 피식, 웃음이 난다.

'뭐지? 치실?
내 입에서 냄새나나?
뭐가 끼었나?
치실을 잘 써야
행운을 잡을 수 있나?'

집으로 돌아가면서
이런 생각을
계속하지 않았을까?

아침 일찍 학교에 간
나는 교실에서 정신없이
뛰어놀고 있었다.

교실 한구석에 전날
미처 치우지 못한 물이 고여 있었다는 걸
나는 알지 못했다.

나는
미끄러졌고
책상 모서리에
얼굴을
찧었다.
피가
많이 흘렀고,
무섭지?
드라큘라
같지?
이가
하나
통째로 빠졌다.

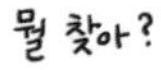

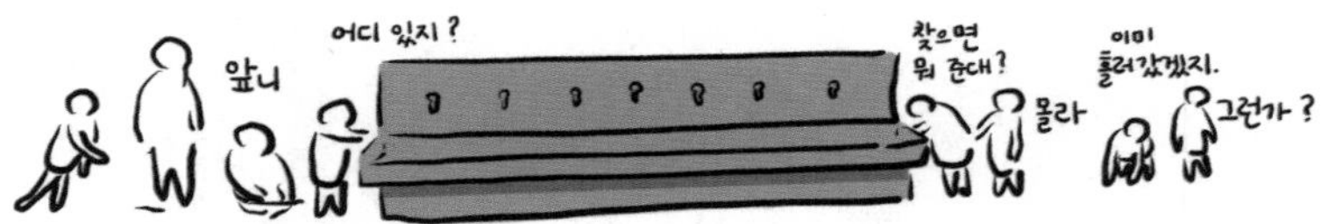

반 친구들이 수돗가를 뒤졌지만
끝내 앞니는 찾지 못했다.

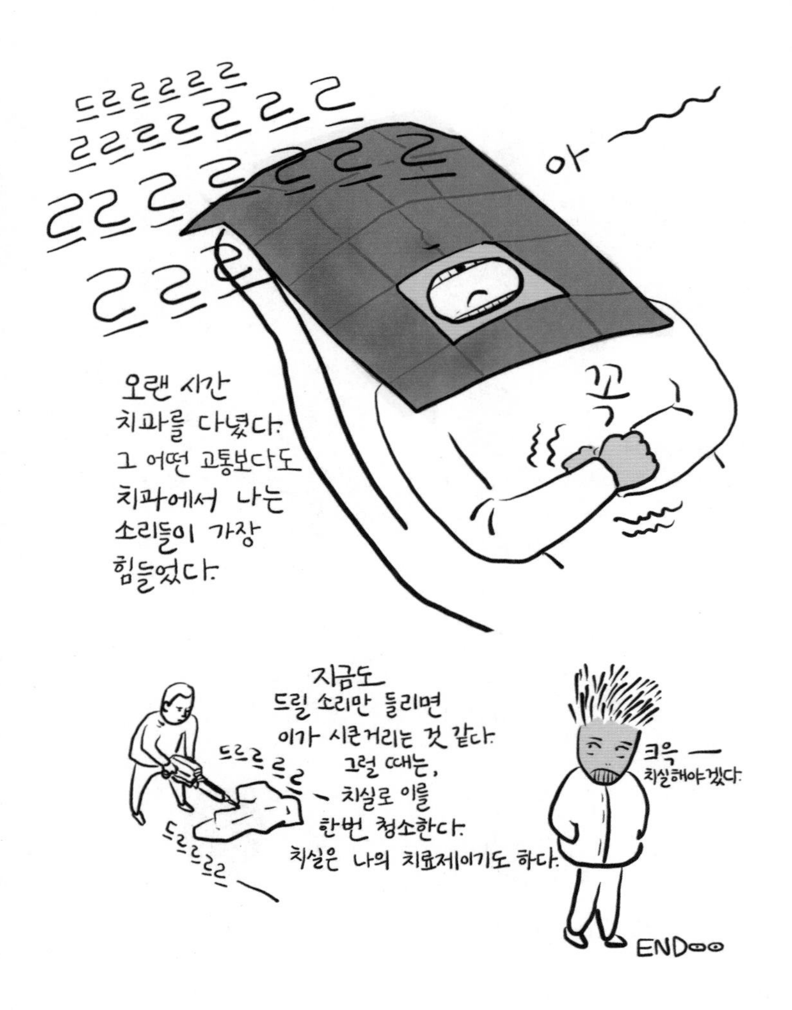

드르르르르르르
르르르르르르르르
르르르르르르르
르르르
아~~~
꼭
오랜 시간
치과를 다녔다.
그 어떤 고통보다도
치과에서 나는
소리들이 가장
힘들었다.
지금도
드릴 소리만 들리면
이가 시큰거리는 것 같다.
그럴 때는,
치실로 이를
한번 청소한다.
치실은 나의 치료제이기도 하다.
드르르르르—
드르르르르—
크윽—
치실해야겠다.
END

몸의 일기
6

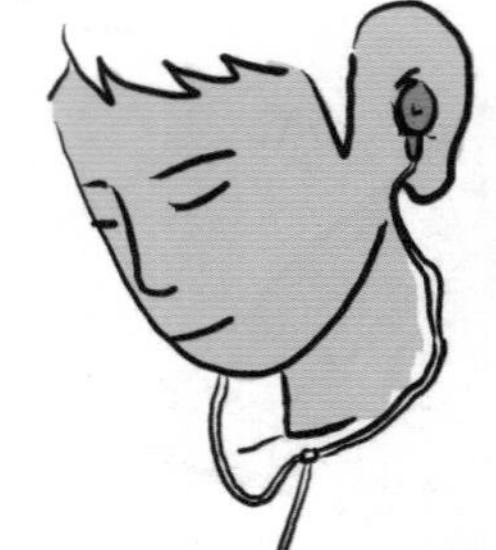

그동안 모두 몇 개의
이어폰을 사용했을까?
현재 사용하는 이어폰은 2개.

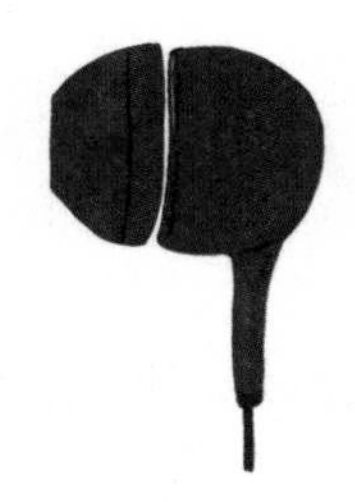

요즘 많은 사람들이 사용하는
인이어 이어폰은
어쩐지 적응이 되지 않는다.

모든 게 너무 잘 들어맞아서
빈틈이 없어 보인달까.

이상한 이야기 같지만
인이어 이어폰을 끼고 있으면
몸이 사각형이 되는 기분이다.

헤드폰에 대한 관심도 많지만
막상 사용해보면 불편하기
짝이 없다.

여름엔 덥고,

길거리에서는
혹시 내가 못 듣는
소리가 있나
신경 쓰이고,

관자놀이가 쑤신다.

내게
헤드폰은 겨울철
집안에서만 쓸 수 있는
음악 장비다.

전문가들은 이어폰이
귀의 성능을 망가뜨린다고 경고한다.
이어폰의 공격을 받지 않으려면
실내에서 음악을 들으라고 충고한다.

4부

몸은 모든 걸 기억하고 있다

호랑이는 죽어서 가죽을 남기고 사람은 죽으면서 이름을 버린다

크리스토퍼 놀란의 영화 〈인터스텔라〉에는 딸 머피가 아버지에게 왜 자신의 이름을 머피라고 지었느냐며 투정 부리는 대목이 나온다. 아버지는 '머피란, 나쁜 결과를 만들어내는 이름이 아니라, 일어날 일은 반드시 일어난다는 뜻'이라며 딸을 달랜다. 내가 딸이었다면 "아빠, 그게 무슨 헛소리야"라고 화를 냈을 거 같은데, 머피는 아직 어려서 그랬는지, 아니면 아빠를 사랑해서 그랬는지 순순히 수긍한다. 많은 세월이 흘러 머피가 다시 아빠를 만났을 때, 머피는 한번 더 따져 물었어야 했다. "아빠, 왜 내 이름을 아빠 마음대로 지은 거야. 머피라는 이름 때문에 내가 평생 얼마나 고생했는 줄 알아?" 왜 아빠는 아들이나 딸에게 물어보지도 않고 자기 멋대로 이름을 지어버리는 것일까.

생각해보면 아무래도 이상하다. 왜 이름은 자신이 직접 지을 수 없을까. 왜 주어진 이름대로 살아가야 하는 것일까. 자신의 이름을 바꾸기 위해서 많은 사람들이 개명 신청을 한다고는 하지만 여전히 더 많은 사람들이 자신의 이름을 운명처럼 안고 살아간다. 실명을 언급하는 게 미안할 정도로 웃기는 이름들이 많고, 이름을 지을 때 아버님이 약주가 과하셨나 싶을 정도로 어이없는 이름도 많고, 한 사람의 인생을 이렇게 조롱거리로 만들어도 되나싶을 정도로 의미 과잉인 이름도 많다. 유별난 이름을 가진 분들에게 심심한 위로의 말을 보낸다. 하지만 내 생각엔 (이름에 대한 놀림이 극도로 심한) 청소년기만 어떻게 잘 보낼 수 있다면 평범한 이름보다 유별난 이름이 살아가는 데는 훨씬 유리한 것 같다. 어떤 일을 하든 유별난 이름은 강한 첫인상을 심어주기에 충분하니까. 내 이름은 비슷한 이름이 많지 않아서 좋기도 하고, 상대방에게 내 이름을 발음하기 어려운 게 싫기도 하고, 받침이 세 개나 들어 있는 안정적인 이름이어서 좋기도 하고, 외국 사람들이 발음하기 힘들어하는 이름이라 싫기도 하다.

부모가 자식과 나누는 첫 대화는 이름을 부르는 것이다. 부모는 이름을 짓고 그 이름을 부르며 아이와 눈을 맞춘다. 한 조사에 의하면 요즘 부모들은 이름에 따른 운을 더이상 믿지 않는다고 한다. 태어난 날과 시에 맞춰 작명소에서 이름을 짓는 일은 드물어졌고, 부르기 쉬운 이름이나 자신이 좋아하는 이름을 짓는다고 한다. 좋아진 것인지 나빠진 것인지 모르겠다. 작명소에서 강요하는 이름을 쓰지 않게 된 것은 다행일지 몰라도 '이름에 대한 센스'가 없는 부모를 만날 경우에는 더욱 큰 재앙이 아이를 기다리고 있는 셈이다. 뜬금없는 이야기일지 몰라도 '이름에 대한 센스'를 기르는 데 소설 읽기만큼 좋은 게 없다. 소설을 읽고 나면 언어에 대한 감각도 좋아지고, 작가들이 고심해낸 좋은 이름을 만날 수도 있다. 소설가들만큼 이름을 고민하는 직업군도 많지 않다.

좋은 이름 짓기가 힘들다면 이름을 짓는 대신 '노 네임'이나 '이름 없음'이나 '무제'로 살아가다가(아니면 그냥 번호나 별명으로 살아가다가) 성인이 되었을 때 자신의 이름을 직접 짓는 것은 어떨까. 그렇게 된다면 학교는 아비규환이 될 것이고, 부모와 자식의 대화는 더 줄어들 것이고, 사람들은 이름으로 누군가를 통제할 수 없게 될 것이고(아니 어쩌면 번호표 숫자대로 사람을 통제하게 될지도 모르겠고), 세상은 지금과 무척 달라질 것이다. 그런 세상도 궁금하긴 하다.

이름을 달고 사는 것은 피곤한 일이다. 사람들은 늘 나의 이름을 부른다. 나는 나의 이름을 어디엔가 흘리면서 살아간다. 하루에도 몇 번씩 나의 이름을 어딘가에 내놓고, 말하고, 적는다. 이름을 달고 사는 일이 얼마나 피곤한 일이면 "호랑이는 죽어서 가죽을 남기고 사람은 죽어서 이름을 남긴다"라고 했을까. 이름은 죽어서 들고 가기에 귀찮은 무엇이다. 사람들은 죽으면서 이름을 이 땅에 버려두고 먼 곳으로 떠난다.

2014년 '뜻밖에 재미있었던 영화 베스트 5' 안에 드는 〈박스트롤〉은 (내 생각엔) 이름에 대한 영화다. 스팀펑크 스타일을 좋아하는데다 스톱모션 애니메이션도 좋아해서 가벼운 마음으로 봤는데 만만한 영화가 아니었다. 치즈마을에 사는 인간들과 지하에 사는 박스트롤들의 관계, 박스트롤을 이용해 자신의 야욕을 채우려는 악당의 존재, 어떤 독재자를 떠올리게 하는 소수집단에 대한 무차별적인 폭력, 허망한 것들을 위해 멍청한 집착을 보이는 어른들의 세계 등 구석구석 숨어 있는 은유나 암시가 무척 많은 작품이다. 무엇보다 재미있기도 하다. 기괴한 장면을 보면서 키득거릴 수도 있고, 박진감 넘치는 추격신에 신날 수도 있고, 악당을 무찌르는 통쾌함도 있다. 영화가 끝난 후 스태프들의 이름과 함께 등장하는 엔딩 크레디트의 '메이킹 필름'은 웃기면서도 코끝이 찡하기까지 했다.

여전히 어떤 사람들은 한 땀 한 땀 손끝으로 영화를 만들고 있다. 스톱모션 애니메이션의 재미를 새삼 느낀 영화였다.

가장 재미있었던 것은 박스트롤의 이름들이었다. 박스트롤은 박스를 뒤집어쓰고 사는데, 어떤 박스를 뒤집어쓰느냐에 따라 자신의 이름이 결정된다. 생선 상자를 뒤집어쓴 녀석은 'Fishes'로 살아가고, 단추 상자를 뒤집어쓴 녀석은 'Buttons'로 살아가고, 사탕 상자를 뒤집어쓴 녀석은 'Sweets'로 살아간다. 박스트롤과 함께 자란 주인공 인간은 계란 상자를 뒤집어쓴 덕분에 'Eggs'라는 이름으로 살아간다(대부분 복수형으로 살아간다). 그들에게 박스는 주어진 이름이고 운명이자 임시 번호판 같은 것이다. 사탕 박스를 뒤집어쓴 덕분에 '사탕'이 된 사탕은 전혀 달콤하지 않은 트롤일 수 있다. 생선 상자를 뒤집어쓰고 '생선'이 된 생선은 생선을 무척 싫어하는 트롤일 수 있다. 서로에게 어울리는 박스를 교환하면 좋겠지만 한 번 들어간 박스에서 나오기란 좀처럼 쉽지 않다.

영화의 마지막 부분에서 박스트롤들이 일제히 박스를 떠나는 장면이 나온다. 그들은 벌거벗은 채 박스를 떠난다. 박스가 없어서 어색한 트롤들은, 더이상 박스트롤이 아닌 트롤들은, 살기 위해서 박스를 버린다. 그 장면을 보는데 이상하게 마음이 무너져내리는 것 같았다. 그 장면은 아마도 다양하게 해석

할 수 있을 것이다. 이름을 얻지 못하고 '복수형'의 존재로 죽어간 어떤 이들을 기리는 것일 수도 있고, 자신에게 주어진 운명을 벗어던지고 새롭게 부활한 존재들을 찬양하는 장면일 수도 있다. 감독은 〈박스트롤〉을 만들고 나서 "모두들 세상에 맞춰 살아가지만, 언젠가 세상을 자신에게 맞춰야 한다"고 했다. 어떤 해석이든, 그 장면은 이름을 갖고 살아가는 모든 사람들에게 보내는 따뜻한 입김 같은 것이었다.

땅에 묶여 살면서

자동차를 없애고 나니 걷는 일이 많아졌다. 버스 정류장 한 두 개 거리쯤은 가볍게 걸어가게 되고, 외출을 준비할 때면 심혈을 기울여서 음악을 준비한다. 자동차에서 듣는 음악도 좋지만 걸으면서 듣는 음악도 무척 좋다. 눈앞에 펼쳐지는 모든 풍경들이 영화의 한 장면으로 변한다. 〈500일의 썸머〉에서 조셉 고든 래빗이 생전 처음 만나는 동네 사람들과 음악에 맞춰 춤을 출 때처럼 짜릿한 감정이 이어폰으로 흘러들어온다(실제로 그렇게 했다가는 귀싸대기를 여러 번 맞고 미친놈 취급당하기 딱 좋지만). 이어폰으로 음악을 듣고 있으면 무덤덤하던 사람들의 발걸음이 리드미컬하게 변한 것처럼 보인다.

자동차가 없어서 불편한 점이라면 외출할 때마다 여행 가방을 꾸려야 한다는 것이다. 내 성격이 문제이긴 하다. 어떠한 돌발 상황이 생길지 모르니 집밖을 나설 때면 만반의 준비를 해야 한다. 외출했는데 갑자기 손톱이 깎고 싶어지면 어떡해? 손톱깎이를 챙겨야 한다. 술을 먹다가 갑자기 소설 쓰고 싶어지면 어쩌지? 노트북을 챙기면 되지. 노트북의 배터리가 모자라면? 그럼 어댑터도 챙기고…… 아이패드는 없어도 될까? 있으면 좋지 않을까? 별로 무겁지는 않으니까…… 책은 안 보게 되겠지? 흠, 그래도 한 권쯤은 있어야 하지 않나? 좋아, 그럼 이왕 들고 나가는 거 소설 한 권, 비소설 한 권. 메모지도 있어야 하지 않나? 그래, 필통과 노트를 들고 나가자. 필통에는 샤프펜슬과 연필과 그림을 그릴 만한 로트링펜과…… 가방을 메고 문을 나서려는 순간, 문득 회의가 든다. 아니 밖에 있는 시간은 겨우 5~6시간일 텐데 이렇게 짐을 많이 들고 나갈 필요가 있나? 그래도 어쩔 수 없다. 자동차가 있던 10년 정도를 제외하면 고등학교 때부터 지금까지 변함없이 나는 거대한 배낭을 메고 외출을 한다. 들고 나간 도구들 중 사용한 것은 10퍼센트에도 미치지 못하지만 긴박한 상황에 당황하는 것보다 내 어깨가 무거운 것이 훨씬 낫다. 좀더 발전했다가는 (식당을 찾지 못할 때를 대비한) 취사도구와 (택시가 잘 잡히지 않을 때를 대비한) 텐트 세트를 들고 나갈는지도 모르겠다.

예전부터 뭔가 짊어지고 걷는 걸 좋아하긴 했다. 술에 취하면 먼길을 걸어서 갔고, 술이 깰 때까지 하염없이 걸었다. 배낭여행을 떠난 적은 없지만 인생 전체가 배낭여행에 가깝지 않나싶다. 군대에 있을 때는 걷는 게 제일 좋았다. 동료들은 행군을 무서워했지만 나는 그 어떤 일보다 걷는 걸 잘했다. 한번은 함께 걷던 동료가 탈진한 적이 있었는데, 내가 그의 군장까지 짊어지고 걸은 적도 있다. 걷고 있으면 하염없어서 좋다. 그냥 왼발 다음에 오른발이 나가고, 오른발 다음에 왼발이 나가면 된다. 그렇게 걸으면 시간이 흘러가고 내가 원하던 곳에 도착하게 된다. 신기한 일이다. 군대에 있을 때는 음악을 들을 수 없으므로 내가 아는 노래들을 흥얼거리며 걸었다. 이승환의 노래들, 김현식의 노래들, 동물원의 노래들이 흥얼거리기에 좋았다. 그때 흥얼거리던 노래들의 가사는 지금도 정확하게 기억하고 있다.

베르나르 올리비에의 『나는 걷는다』 임수현 옮김, 효형출판, 2003에는 이런 문장이 나온다. "걷는 것에는 꿈이 담겨 있다. 그래서 잘 짜인 사고와는 그리 잘 어울리지 않는다. 그런 사고는 고운 모래밭에 말랑말랑한 베개를 베고 누워 반쯤 눈을 감고 명상을 한다거나, 솔밭에서 낮잠을 청할 때 더 잘 이루어진다. 걷는 것은 행동이고 도약이며 움직임이다. 부지불식간에 변하는 풍경, 흘러가는 구름, 변덕스러운 바람, 구덩이투성이인 길, 가볍게 흔들리는 밀밭, 자줏빛 체리, 잘려나간 건초 또는 꽃이 핀 미모사의 냄새, 이런 것들에서 끝없이 자극을 받으며 마음을 뺏기기도 하고 정신이 분산되기도 하며 계속되는 행군에 괴로움을 느끼기도 한다. 생각은 이미지와 감각과 향기를 빨아들여 모아서 따로 추려놓았다가, 후에 보금자리로 돌아왔을 때 그것들을 분류하고 각각에 의미를 부여하게 될 것이다."

26세에 인생의 모든 것을 잃고 4천 킬로미터가 넘는 '퍼시픽 크레스트 트레일Pacific Crest Trail'(이하 'PCT')을 걸어간 셰릴 스트레이드의 실화를 바탕으로 한 영화 〈와일드〉는 고통스러운 걷기에 대한 이야기다. 자신의 전부였던 어머니가 죽고 난 후 셰릴 스트레이드(리즈 위더스푼)는 삶의 모든 의미를 내려놓고, 모든 감각을 마비시키기 위해 걷는다. 그녀가 PCT를 시작한 이유는 이전과는 다른 통증이 필요했기 때문일 것이다. 헤로인 주사를 맞던 쾌락의 발목에 벌을 주기 위해서, 남자들을 유혹하던 자신의 아름다운 몸에 상처를 내기 위해서, 그녀는 들기도 힘든 배낭을 짊어지고 계속 걷기로 마음먹었을 것이다. 걷고 있는 그녀를 보면서 나도 계속 걸었다. 영화 내내 사이먼 앤 가펑클의 〈엘 콘도르 파사El Condor Pasa〉를 흥얼거리는 셰릴을 보면서 나도 따라 부르고 있었다. "못보다는 망치가 되고 싶어요. 그럴 수 있다면 그럴 거예요." 그럴 수 있다면 그러겠지만, 그럴 수 없어서 나는 못이 되어 두들겨맞고 싶어요. 나를 상처내고 내게 고통을 주는 방식으로 나는 걸어갈 거예요.

하이킹은 산책과 다르다. 적당히 생각하고 적당히 걷는 게 아니다. 무모하게 걸을 때 통증과 상념은 극에 달한다. 통증은 상념을 멎게 만들고, 상념은 통증을 잊으려 한다. 생각을 잊기 위해 걷고, 걷기 위해 생각을 해야 하는 아이러니 속에 한 발 한 발이 완성된다.

PCT 초반, 거의 이삿짐 수준의 짐을 꾸린 셰릴에게 전문가 선배들이 충고해준다. 신발은 자신의 발보다 조금 큰 것을 사는 게 좋다. 그리고 짐은 최대한 간단하게 꾸리는 게 좋다. 셰릴의 짐을 풀어헤치고 하나씩 점검을 해준다. 물건들을 하나씩 보면서 과연 필요한 것인지 묻는다. 한 번도 쓴 일이 없다면 앞으로도 쓸 일이 없을 것이다. 그녀는 콘돔을 제외하곤 대체로 수긍한다. 전문가가 결정적인 조언을 해준다. "책에서 읽은 부분은 불태웠어요?" 무슨 이야기인지 모르고 고개를 갸웃거리는 셰릴에게서 『퍼시픽 크레스트 트레일』 1권을 빼앗아 든 전문가는 과감하게 앞부분을 찢어버린다. 이미 지나온 길의 지도는 필요 없다. 그것은 짐이 될 뿐이다. 가이드북의 몇 페이지를 찢어버린다고 무게가 얼마나 줄어들겠나싶지만 그것은 아마도 마음의 문제이기도 할 것이다. 전문가는 찢은 페이지를 불속으로 던져버린다. 마음이 통쾌하기도 했다. 전문가가 내 배낭의 물건도 정리해주면 좋기도 하겠지만…… 내가 과연 그걸 찢을 수 있을까.

PCT 방명록에 남긴 셰릴 스트레이드의 글 중에서 에밀리 디킨슨의 인용이 가장 마음에 와 닿았다. "몸이 그대를 거부하면 몸을 초월하라." 우리는 그럴 수 있을까. 우리가 몸을 초월할 수 있을까. 셰릴이 PCT를 걷게 된 것도 그런 시도였을 것이다. 몸을 초월하기 위해 셰릴은 4천 킬로미터가 넘는 길을 걸었을 것이다. 〈엘 콘도르 파사〉에는 이런 가사도 있다. "인간은 땅에 묶여 살면서 가장 슬픈 소리를 내뱉지요." "나는 길보다는 숲이 되고 싶어요." 하염없이 걸어야 하는 인간의 몸은 슬프다.

몸으로 말하는 법을 배워야 해

새로운 소설을 시작할 때마다 커다란 보드를 사서 벽에 붙인다. 아이디어가 생각나면 포스트잇에 적어서 보드에다 붙이는데, 여러 가지 아이디어를 한눈에 볼 수 있고, 소설 속 인물의 관계도를 일목요연하게 정리할 수 있고, 놀고 있지는 않다는 안도감이 들기도 하고…… 장점이 많다. 잊지 않으려고, 소설에 대해 계속 생각하려고 보드를 이용한다. 때로는 내 몸을 보드로 이용하면 좋겠다는 생각이 들기도 한다. 왼팔에는 남자 주인공들의 이름을 적어놓고, 오른팔에는 여자 주인공들의 이름을 적어놓고 계속 만나지 못하게 하는 거다. 아니면 왼팔에는 내가 좋아하는 등장인물을 적어놓고, 오른팔에는 내가 싫어하는 등장인물을, 등에는 보기 싫은 인물을 적어놓는 거다(흠, 보기 싫은 인물을 적긴 힘들겠군). 수많은 스포츠 스타들이 자신의 몸에다 문신을 하는 것도 그런 이유일 것이다. 몸을 움직이면서 잊게 되는 이야기, 매 순간 기억하고 싶은 문장들을 몸에다 새기는 것이겠지. 〈메멘토〉의 소설가 버전을 한번 써봐야겠다.

문신을 떠올리면 가장 먼저 생각나는 이야기는 프란츠 카프카의 「유형지에서」『변신』, 홍성광 옮김, 열린책들, 2009다. 이야기는 간단하다. 유형지에서 한 답사 연구자가 장교로부터 독특한 사형 기계에 대한 설명을 듣는다. 장교는 사형 기계를 자랑스러워하면서 자세하게 설명하는데 이게 말하자면 '문신 사형 기계'인 셈이다. 죄인의 죄목을 문자로 정리해서 등에다 문신으로 새기는데, 12시간 동안 바늘로 찔리는 고통을 당한 다음 결국 죽게 된다. 세상에, 얼마나 고통스러울지 짐작도 못하겠다. 게다가 등에 새겨지는 문자를 읽을 수도 없다. 장교의 설명도 기가 막힌다.

"'그는 자신의 판결 내용을 알고 있습니까?'

'아닙니다.' 장교는 이렇게 말하고 자신이 하던 설명을 계속하려고 했지만 답사 연구자가 그의 말을 가로막았다.

'자신의 판결 내용을 알지 못한다고요?'

'그렇습니다.' 장교는 같은 대답을 되풀이하고는 답사 연구자가 그런 질문을 한 좀더 자세한 이유를 듣고 싶다는 듯 잠시 입을 다물고 있다가 이렇게 말했다.

'알려줘봐야 아무 소용이 없을 겁니다. 직접 자신의 몸으로 체험할 테니까요.'"

장교의 말을 읽고 나는 소름이 돋았다. 자신의 몸으로 체험한다는 말, 문장을 읽는 게 아니고 몸으로 감각한다는 말은 얼마나 멋진 발상이면서 또 얼마나 잔인한 아이디어인가. 문신을 해본 적이 없지만 저 말이 어떤 뜻인지 이해가 갔다. 따끔한 고통의 연속이 문장이 되고 특별한 형상이 된다면, 나는 문신을 읽거나 보는 것이 아니라 온몸으로 느낄 수 있겠지. 고통의 기억으로 거기에 적힌 내용을 깨달을 수 있겠지. 그러고 보니 앞서 소개했던 영화 〈와일드〉에도 그런 장면이 있었다. 이혼하는 남녀가 헤어지는 날 문신 가게로 간다. 이별 기념으로 각자의 몸에다 그림을 새겨넣는다. 결혼은 고통의 기억이자 지워지지 않는 추억이자 온몸으로 감각해야 할 한 사건이다.

문신은 자신이 세상에 전하는 메시지일 수도 있다. 평화 마크를 왼팔에 새긴 레이디 가가, 'Lucky You'라는 문구를 새긴 스칼렛 요한슨, 입양된 아이들이 이전에 살았던 곳의 위도와 경도를 팔에다 새긴 안젤리나 졸리, '헌신, 인내, 열정'이라는 문구를 새긴 프로배구 선수 슈미트 가빈 등등 자신이 세상에 하고 싶은 이야기를 몸에다 새기는 경우도 많다. 숨겨진 이야기를 알기 위해서, 조용히 전하는 메시지를 전달받고 싶어서 영화에 문신이 등장하면 꼼꼼하게 살펴보게 된다.

며칠 전, 베넷 밀러의 〈폭스캐처〉를 보고 나서 도저히 풀리지 않는 의문이 하나 생겼다. 주인공의 손에 적힌 의문의 문자에 대해 지금도 골똘하게 생각하고 있다.

〈폭스캐처〉부터 소개하자면, 나는 이 영화가 오랜만에 등장한 진정한 '바디무비'라는 생각이 들었다. 영화 곳곳에서 몸의 언어가 펼쳐진다. 레슬러 형제인 데이비드 슐츠(마크 러팔로)와 동생 마크 슐츠(채닝 테이텀)는 만나면 몸으로 인사를 나눈다. 두 사람이 레슬링 연습을 하는 장면은 한마디의 대사도 없이 두 사람의 관계를 드러내주는 최고의 장면이었다. 형은 노련하고 동생은 어수룩하며, 형은 동생을 위하지만 동생은 형의 그늘에서 벗어나고 싶어한다. 머리를 때리고 어깨끼리 충돌하는 장면에서 이런 감정의 결이 고스란히 드러난다. 둘이 일상적으로 나누는 대화는 아무런 내용이 없다. "무슨 일이야?" "왜 그래?" "괜찮아?" 대개 이런 식이다. 대화가 안 되기는 존 듀폰(스티브 카렐)도 마찬가지다. 대부호인 듀폰은 자신이 원하는 말만 하고 상대방의 말은 거의 듣지 않는다. 자신이 원하는 대로 이야기가 만들어져야 하며 자신의 이미지를 위해서 뻔히 보이는 거짓말도 서슴지 않는다.

나는 〈폭스캐처〉가 거의 무성영화 같았다. 대사가 많지 않거니와 나오는 대사 역시 거의 없어도 상관없는 것들이다. 내면에서는 엄청난 말과 욕망이 들끓는데, 겉으로 드러나는 대사는 거의 없다. 결국 이 영화에서 가장 중요한 대사는 (영화를 본 사람들만 이 말의 뜻을 알겠지만) 이것이다. 1.“존은 저의 멘토와 같은 분입니다”와 2.“자네 나한테 무슨 불만 있나?” 데이비드 슐츠는 1번 거짓말을 제대로 하지 못했기 때문에 투정 어린 2번 말을 들으면서 죽어간다. 스포츠가 주요 소재인 영화인데도 관객들의 함성은 거의 기억나지 않는다. 음악도 기억나지 않는다. 레슬링 도중의 거친 숨소리와 두 개의 대사, 눈 밟는 소리, 세 발의 총성만 기억에 남는다.

데이비드 슐츠가 총을 맞고 죽어가는 장면에서 카메라가 그의 오른손을 보여준다. 거기에는 ‘p. u. KIDS’라고 적혀 있다. 문신은 아닌 것 같고, 낙서 같다. 이 문구가 이전에 나온 적이 있다. 동생 마크가 형에게 ‘폭스캐처’를 떠나고 싶다는 말을 할 때 형의 손에 같은 문구가 적혀 있었다. 그때는 왼손이었다. 어째서 데이비드 슐츠는 이 말을 자주 손등에 적는 것일까. (설마) 감독 몰래 마크 러팔로가 장난친 것일까. (극중의) 아이가 낙서한 것일까? 문신을 새기는 것처럼 자신의 경구를 손에다 새긴 것일까. 아이처럼 굴지 말자고, 더이상 아이가 아니라고 자신을 나무라는 의미였을까. 손에다 뭔가 적는 걸 좋아하는 데이비드의 특성상(그는 동생의 전화번호도 손바닥에 적었다) 아무런 뜻 없는 문구는 아니었을 것 같다. 나는 그 문구가 세 사람을 (혹은 마크와 존, 두 사람을) 압축하는 말 같다고 생각한다. 세 사람은 어린 시절에 멈춰 서 있다. 친구를 사귀지 못했으며 유아기적인 집착을 보이며 어른들의 언어를 배우지 못했다. 사회의 언어를 습득하지 못하고 대화하는 법을 배우지 못한 채 거리로 내몰리고 말았다. 이 영화의 제목은 〈Three Kids: Body Movie〉가 좋겠다. 오랫동안 세 사람의 거친 숨소리가 기억날 것 같다.

• 'p. u. KIDS'는 아마도 '픽 업 키즈'의 약자였을 확률이 크다. 아이들을 데리러 가야 한다는 사실을 스스로 일깨우는 방법이었을 것이다.

사이보그에서 인간으로

얼마 전, 애플의 아이폰에서 안드로이드 운영체제 스마트폰으로 휴대전화를 바꿨다. 오래전부터 아이폰을 이용해왔던 사람으로서 꽤 과감한 변화를 시도한 것이다. 다양한 운영체제를 경험함으로써 소설 속 주인공들이 (무슨 PPL이라도 받은 것처럼) 아이폰만 쓰는 사태를 미연에 방지하자는 게 소설가로서의 의도였다면(정작 내 소설의 주인공들은 자신이 아이폰을 쓰고 있다는 사실을 절대 발설하지 않는다. 입도 무거우셔라), 예전만 못한 아이폰6 디자인에 강력한 항의를 하고 싶은 건 애플을 아끼는 사람의(정작 아이폰6는 '역대급'으로 잘 팔리고 있다) 앙탈 같은 것이었다. 초기의 혼란스러움이 조금씩 가라앉고 이제는 안드로이드에도 잘 적응해나가고 있다. 애플의 운영체제 '아이오에스IOS'가 아름다운 가구 이름 같다면, 안드로이드는 부품과 선이 겉으로 드러난 기계 장난감의 이름 같다. 어감만으로 따지자면 나는 '안드로이드' 쪽이 좋다. 안드로이드라는 이름은 내가 기계를 사용하고 있다는 사실을 계속 각인시킨다.

2003년 3월 미국의 신경과학자들은 세계 최초로 뇌 보철 장치(뇌의 일부가 손상되어 기능을 발휘하지 못할 때 그 자리에 기계장치를 넣어주는 것)를 개발했다. 반도체칩으로 해마의 기능을 대체하는 인공 해마를 만든 것이다. 대단한 혁명 같지만 실은 낯선 풍경이 아니다. 우리는 이제 전화번호를 기억하는 대신 휴대전화에 저장한다. 기억도 일정도 사소한 아이디어도 휴대전화에 저장한다. 직접 만나서 대화하는 것보다 문자와 SNS를 선호하는 우리는 또다른 의미의 사이보그라 할 수 있다. 학계에서는 안경, 휴대전화, 보청기, 컴퓨터 등 특별한 기능을 위해 외부 장치를 이용하는 사람을 '기능적 사이보그functional cyborg', 줄여서 '파이보그'라고 부르는데 보청기를 쓰는 어르신보다 손가락으로 대화하는 젊은 세대야말로 진정한 파이보그가 아닐까 싶다. 인간은 다른 형태의 동물이 되어가는 것 같다.

'우리 인간적으로 그러지는 말자'라고 할 때의 '인간적'이라는 말의 의미도 점점 달라질 것 같다. 우리가 이용하는 외부의 기능까지 '인간적인 것'에 포함되는 것일까 아니면 우리는 점점 인간성을 잃고 '비인간적인 사물'에 가까워지는 것일까. 휴대전화가 인간스러워지는 것일까, 아니면 우리가 휴대전화스러워지는 것일까. 컴퓨터가 인공지능에 가까워지는 것일까, 우리가 컴퓨터에 가까워지는 것일까. 요즘 나는 손바닥에다 NFC 기능을 이식하면 버스나 지하철에 탈 때 훨씬 편리할 것 같다는 상상을 자주 하는데, 이것은 편리함을 추구하는 인간의 본성에 가까운 것일까 아니면 내 몸을 '올 인 원' 시스템으로 개조하고 싶어하는 컴퓨터의 본성에 가까운 것일까. 컴퓨터와 나의 차이점을 점점 모르겠다. 얼마 전 호킹 박사는 "완전한 인공지능의 개발은 인류의 종말을 점치게 한다. 지금까지의 초기 인공지능 기술은 유용성을 충분히 입증했지만 인간의 능력을 뛰어넘는 인공지능이 등장할 가능성에 두려움을 느낀다. 인간은 생물학적 진화가 느려서 기계지능의 발전에 대적할 수 없고 결국은 추월당하게 될 것 같다"라고 했는데 과학에 문외한인 내가 상상할 수 있는 세상은 영화 〈매트릭스〉에 나오는 장면 정도이다.

천재적인 수학자이자 현대 컴퓨터 과학의 문을 연 앨런 튜링의 삶을 다룬 영화 〈이미테이션 게임〉에는 인간과 기계에 대한 재미있는 대화가 나온다. 앨런 튜링이 학생이었을 때 암호 작성에 대한 책을 설명하던 친구가 이렇게 말한다. "암호는 누구나 볼 수 있는 메시지인데, 누구도 그게 무슨 뜻인지는 몰라. 열쇠가 있어야 뜻을 알 수 있지." 앨런 튜링이 대답한다. "사람들이랑 대화하는 거랑 뭐가 다른 거지? 사람들은 말할 때 절대 뜻을 말하지 않잖아. 듣는 사람은 상대방이 무슨 뜻을 말하고 싶은지 알아내야 하고. 난 한 번도 대화에 성공한 적이 없어." 친구는 "너야말로 이 책을 이해할 수 있는 사람"이라며 암호 작성에 대한 책을 앨런에게 건넨다. 우리가 인간적이라고 말하는 것에는 '암호 같은' 모호함이 바탕에 깔려 있으며, 우리가 비인간적이 된다는 것은 모호함을 잃어가는 과정인지도 모른다.

앨런 튜링의 놀라운 점은 인간을 닮은 완벽한 기계를 만들려고 했던 것이 아니라 기계를 자체의 생명력을 지닌 존재로 봤다는 것이다. 앨런 튜링은 영화에서 설명한다. "기계도 인간처럼 생각을 하느냐고 물었지만 어리석은 질문이에요. 당연히 아니죠. 기계는 인간과 다르니까요. 단지 어떤 것이 당신과 다르게 생각한다고 해서 그게 생각을 하지 않는다고 봐야 할까요?" 〈이미테이션 게임〉은 마치 컴퓨터 혹은 사이보그로 태어난 앨런 튜링이 인간이 되려고 노력하는 과정처럼 보이기도 한다. 앨런 튜링의 실제 삶은 그렇지 않았지만 영화 속의 앨런은 인간의 탈을 뒤집어쓴 컴퓨터 같다. 썰렁한 농담을 하는 것도 그렇고 중요한 순간마다 이상한 대답을 내놓는 것도 그렇다. 아마 앨런 튜링은 튜링 테스트(컴퓨터의 인공지능을 판별하는 테스트로, 5분간 온라인 채팅을 한 뒤 심사위원의 30퍼센트가 인간인지, 인공지능인지를 구분하지 못하면 합격 판정을 받는, 튜링이 제안한 테스트)를 통과하지 못했을지도 모른다. 앨런 튜링 씨, 삑, 인간이 아니라 컴퓨터군요.

흥미롭고 재미있는 영화였지만 앨런 튜링을 묘사하는 방식에는 불편한 구석이 많았다. 영화는 앨런 튜링을 신화에 끼워 맞춘다. 괴짜 같고 컴퓨터 같았던 그가 인간을 배워나간다. 그리고 역사를 바꾼다. 영화에서 가장 강조하는 것은 "때로는 아무것도 아니라고 생각했던 사람이 아무도 생각하지 못했던 일을 한다"라는 한 줄의 대사이다. 그는 분명 전쟁을 끝내고 역사를 바꾼 위대한 인물이지만 그렇게 한 줄 요약으로 업적을 정리하는 순간 중요한 걸 놓칠 수밖에 없다. 신화에다 인간을 끼워맞추는 순간 등잔 밑은 어두워진다. 그와 함께한 수많은 동료들은? 그를 가르쳤던 선생들은? 그가 읽고 배웠던 책의 저자들은?

천체물리학자 재너 레빈이 과학자들의 말투에 대해 언급한 적이 있다. "논문의 저자가 단 한 명이라도 문투는 이렇습니다. '우리는 (……) 알 수 있었다.' 과학에서 이런 식으로 자아를 둘러싼 긴장은 엄청납니다. (……) 아인슈타인 아니었으면 누군가 해냈을 거고, 괴델이 아니었어도 누군가가 해냈을 것입니다. 다들 자기가 제일 뛰어나고 싶고 제일 먼저 발견하고 싶고, 성공하고 싶지만 마지막에 가서는 스스로 이렇게 말할 수밖에 없습니다. '이걸 내가 했다는 건 정말 아무 상관이 없다. 그리고 어떤 식으로든 나의 흔적이 남아서는 안 된다.'"(노엄 촘스키·에드워드 오스본 윌슨·스티븐 핑커, 『사이언스 이즈 컬처』 이창희 옮김, 동아시아, 2012) 진실에 접근하고자 하는 과학자들의 일반적인 태도가 그렇다는 것이다. 과학자들의 이런 태도야말로 '인간적인 것'이라는 생각이 든다. 우리는 모호하다. 알고 있는 걸 빼고는 전부 모르는 존재들이다. 모르는 걸 명료하게 안다고 말하는 순간, 몇 줄의 말로 요약해버리는 순간, 우리는 컴퓨터와 다르지 않게 된다. 우리 인간적으로 그러지는 말았으면 좋겠다.

• 결국 6개월 만에 안드로이드에서 애플 체제로 귀환했다.

각자의 초능력

어렸을 땐 하늘을 나는 꿈을 자주 꿨다. 키 크는 꿈이라던데, 꿈속 하늘에서의 비행 경력으로 치면 키가 2미터는 넘었어야 하지 않나싶다. 그만큼 자주 하늘을 날았다. 다른 꿈은 잘 기억나지 않아도 하늘을 날았던 장면만큼은 선명하다. 날개 같은 건 없고, 맨몸으로 하늘을 날아다닌다. 두 팔을 벌리고 계곡 사이, 구름 너머, 들판 위를 휘젓고 다닌다. 비행은 불안하고 방향은 예측 불가능하며 추락과 상승이 수십 번 반복된다. 영화 〈버드맨〉에서 주인공이 하늘을 나는 장면을 보고, 내 꿈을 옮겨놓은 줄 알았다. 컴퓨터 그래픽은 어설프고 하늘을 나는 자세도 어정쩡해서 내 꿈을 들여다보는 것 같았다. 대부분의 사람들이 비슷한 꿈을 꾸는 거겠지. 새가 되어 날아가고 싶은데, 도무지 새가 된 자신을 상상할 수 없는 거겠지.

〈버드맨〉은 슈퍼 히어로물 영화인 〈버드맨〉으로 할리우드 톱스타 반열에 올랐다가 잊힌 배우 리건 톰슨(마이클 키튼)의 이야기다. 리건 톰슨은 자신의 명성을 되찾기 위해 브로드웨이 무대에 도전하는데, 영화 〈배트맨〉의 주인공이기도 했던 마이클 키튼 덕분에 실제와 영화 속 이야기는 묘하게 겹친다. 배트맨과 버드맨, 무슨 차이일까. 배트맨의 탄생 배경은 〈배트맨 비긴즈〉에 나온다. 어린 브루스 웨인은 마당에서 놀다가 박쥐 굴에 떨어지게 됐고, 수많은 박쥐들의 모습에 겁을 집어먹는다. 그날의 트라우마 때문에 박쥐 모습을 볼 때마다 울렁증을 느끼게 됐다는 설정이다. 부모님이 강도에게 피살된 원인 역시 박쥐와 상관이 있다. 이래저래 박쥐와는 악연인 셈이다. 그가 배트맨이 되기로 결심하자 집사가 묻는다. "어째서 박쥐냐?" 브루스 웨인이 대답한다. "내 박쥐 공포증을 악당들도 맛보게 해줘야죠." 거미에게 물리면 스파이더맨이 되고, 박쥐 굴에 들어가면 배트맨이 되고, 슈퍼마켓에 들어갔다가 슈퍼맨이 되고(이건 아니고), 리더십 교육을 받고 '캡틴' 아메리카가 되니까 버드맨 역시 새와 얽힌 어떤 사연이 있을 것이다. 나는 〈버드맨〉을 보면서 〈버드맨〉의 스토리를 혼자서 상상해

보았다.

주인공은 조류학자인 아버지를 따라 정글에 갔다가 여러 종류의 새를 알게 된다. 아버지는 아들에게 새들의 이름을 가르쳐준다. 모든 연구가 평화롭게 끝나는가 싶더니, 아버지를 눈엣가시처럼 생각하는 악당이 한 명 등장한다(할리우드 영화에 꼭 있다, 이런 악당). 새들의 초능력을 이용해서 GPS를 능가하는 위치 추적 기능을 개발하려던 악당은 라이벌인 아버지를 함정에 빠뜨린다. 아버지는 거대한 새장에서 비참한 죽음을 맞게 된다. 아들은 아버지의 도움으로 새장에서 겨우 살아남고, 새들의 방식으로 살아가게 된다. 주인공은 새들과 함께 살면서 진정한 초능력을 얻게 되고, 그 힘으로 악당들을 소탕한다는 것이 〈버드맨〉의 줄거리가 아닐까. 물론 착한 여성 조류학자가 주인공과 사랑에 빠지면 더 좋고, 치킨맨이나 펭귄맨처럼 '새와 흡사하지만 멀리 날 수 없는' 조력자들도 필요하겠지.

버드맨은 새들에게서 어떤 초능력을 얻을 수 있을까. 팀 버케드가 쓴 『새의 감각』노승영 옮김, 에이도스, 2015에서 그 힌트를 얻을 수 있다. 우선 '매의 눈'을 가질 수 있다. "매가 시력이 좋은 이유는 안구 뒤쪽에 있는 시각적 민감점인 눈오목fovea이 사람과 달리 두 개이기 때문"이다. 상이 맺히는 곳이 눈오목인데,

두 개의 눈오목을 통해 좀더 선명한 형상을 볼 수 있다는 것이다. 새 중에서 가장 시력이 좋은 새는 '오스트레일리아쐐기꼬리독수리'라고 한다. 하지만 이 새는 눈이 너무 커서 잘 날 수는 없다. 팀 버튼의 〈빅 아이즈〉 같은 형상이랄까. 새에게 이빨이 없는 이유 역시 눈을 조금이라도 크게 만들기 위해서라고 한다. 새는 이빨 대신 튼튼한 근육질 위가 있다. 튼튼한 근육질 위 역시 새에게서 얻을 수 있는 초능력일 수 있겠다. 아이언맨이 버드맨에게 묻는다. "자넨 어떤 초능력이 있나?" 버드맨이 대답한다. "응, 난 소화를 잘 시켜." 흠, 훌륭하군. 변비나 급체 때문에 하늘을 날지 못하는 일은 없겠군그래.

또다른 초능력으로는 '어마어마하게 시끄러운 소리를 내는 능력'이다. 메추라기뜸부기는 100데시벨에 이르는 시끄러운 음량으로 15분 만에 사람의 귀를 멀게 할 수 있다. 실제로 〈버드맨〉에는 이런 대사가 나온다. 환상 속의 버드맨이 자신에게 말하는 것을 듣는 대목이다. "헤이, 리건. 이번에는 〈버드맨: 피닉스의 부활〉을 찍는 거야. 아마 애들이 질질 쌀걸. (……) 네가 괴성을 지를 땐 수백만 명의 고막이 터져버릴 거야." 버드맨은 새의 능력을 극대화해 사람들의 고막을 찢어버리는 초능력을 얻을 수 있겠다. 〈쿵푸 허슬〉의 사자후 아주머니를 떠올리면 되겠다.

메추라기뜸부기가 그렇게 큰 소리를 지르면서도 자신의 귀가 멀쩡한 이유도 재미있다. 새들은 자기 목소리를 줄이기 위해 반사작용을 이용한다. 자기가 소리를 내는 동안과 그뒤로 몇 초간 피부 덮개가 바깥귀를 막는다. 어찌 보면 이것도 '버드맨' 역할을 한 리건 톰슨을 닮았다. 리건 톰슨은 다른 사람들의 말을 거의 듣지 않고 자신의 주장을 큰 목소리로 말한다. 시끄러운 소리를 내면서 다른 사람의 말을 듣지 않으려고 귀를 막는 '초능력'은 우리 주변에서도 쉽게 볼 수 있기 때문에 특이하다 볼 수는 없지만 말이다.

하늘을 날 수 있고, 멀리 있는 걸 볼 수 있고, 소화를 잘 시킬 수 있고, 큰 소리로 고막을 터뜨릴 수 있는 정도가 새에게서 얻을 수 있는 초능력일 텐데, 뭔가 부족해 보인다. 딱따구리의 부리가 중요한 공격 수단이 될 수 있을 것 같다. 인간의 손가락을 모아쥐면 주먹이 되듯, 딱따구리 역시 나무에 구멍을 낼 때 부리를 모아 날카롭고 둔감하게 만든다. 인간의 입을 부리로 바꿀 수 있다면 두 개의 주먹, 두 개의 다리, 한 개의 입으로 공격을 할 수 있는 셈이다. 인디언들은 엄청나게 강력한 흰부리딱따구리의 부리를 부적으로 쓰기도 했다니까 버드맨의 가슴팍 로고는 흰부리딱따구리의 부리로 하면 좋을 것 같다. 버드맨이라고 나타났는데 트위터 로고 같은 귀여운 문양이 가슴팍에 새겨져 있으면(영화 속 '버드맨'은 별다른 마크가 없다) 도움을 받는 입장에서도 무척 실망스러울 테니까.

영화 속 영화 〈버드맨〉은 3편까지 제작된 모양이다. 4편의 출연 제의를 받은 리건 톰슨은 블록버스터에 진력이 나서 버드맨에서 하차하기로 마음먹는다. 영화 중간에는 '아이언맨' 로버트 다우니 주니어가 잠깐 등장하기도 한다. 버드맨은 아이언맨을 이렇게 평가한다. "재능의 반도 못 따라가는 광대가 깡통을 입고 돈을 쓸어모으고 있어." 버드맨이 다시 돌아와서 새롭게 만들어진 아이언맨 로버트 다우니 주니어와 맞붙는다면, 무척 볼만한 싸움이 될 것 같다. 우선 둘 다 하늘을 날 수 있다. 버드맨의 부리로 아이언맨을 뚫을 수 있을 것인가. 버드맨은 아이언맨의 다양한 공격을 피할 수 있을 것인가. 무엇보다 능글능글한 로버트 다우니 주니어와 자기 파괴적인 리건 톰슨이 맞장 한번 떴으면 좋겠다.

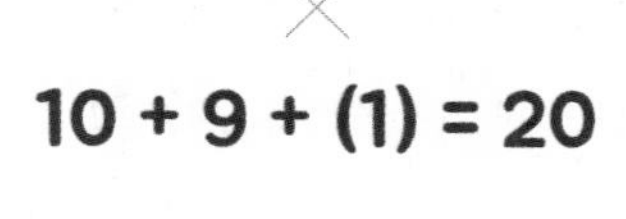

10 + 9 + (1) = 20

스탠드업 코미디의 묘한 분위기를 좋아한다. 스탠드업 코미디언은 마이크 하나만을 들고 무대에 오른다. 아무것도 없는 무대 위에서 이야기를 만들어내고, '얼마나 웃기나 보자'며 눈을 부릅뜬 관객들을 웃음으로 끌어들여야 한다. 아마도 무척 외로운 일일 것이다. 가끔 강연 요청을 받아서 사람들 앞에 서야 할 때가 있는데, 그럴 때면 스탠드업 코미디언의 심정을 조금은 알 것 같다. '회심의 개그'를 던졌는데, 누구도 웃지 않을 때가 있다. 등으로 한줄기 식은땀이 흘러내리고, 이야기는 방향을 잃기 시작한다. 마음 같아선 "자, 오늘 이야기는 여기서 끝내겠습니다" 하고 뛰쳐나오고 싶지만 이야기를 시작한 지

10분도 채 지나지 않은 상태여서 앞으로 50분이 넘는 시간을 버텨야 한다. 얼마나 외로운지 모른다. 그런 경험을 하고 나면 모든 코미디언을 존경할 수밖에 없다. 내가 두번째로 좋아하는 스탠드업 코미디언인 루이 C. K.의 코미디에는 이런 이야기가 나온다.

전 말입니다, 진짜로 여자가 남자보다 낫다고 생각하지는 않아요. 남자들이 여자보다 못하다는 생각은 자주 하죠. 친구 한 명이 이런 말을 하더군요. 여자친구가 화가 났다고 해서, 무슨 일인지 물어봤죠. "모르겠어. 내가 무슨 말을 했는데, 걔가 자기 마음에 상처를 입었대." 뭔 소리야. 네가 무슨 말을 했는데 걔가 상처를 입어? 어떻게 거기서 책임 회피를 할 수가 있어요? (……) 죽은 뒤에 어떻게 될지는 모르겠어요. 어떤 사람들은 천국에 간다고 하죠. 글쎄요, 천국이 있을까요? 개인적으로 전 천국이 없다고 생각해요. 아마 신은 있을지 몰라도 천국은 없을 거예요. 죽어서 어떤 친구가 이렇게 물어보겠죠. "하느님, 천국은 어디 있나요?" 하느님은 이렇게 대답할 겁니다. "뭔 개소리야. 내가 우주 전체를 만들어줬는데, 거기다가 좆나게 좋은 사후세계를 또 만들어줘야 해? 이 탐욕스러운 인간놈들아." (……) 하느님이 아버지고, 우린 그의 아들이라고 합니다.

하늘에 계신 우리 아버지. 아버지, 대체 어머니는 어디에 간 거죠? 하느님, 우리 엄마한테 무슨 짓을 한 겁니까? 뭔 일이 있었어. 천국 어딘가에 죽은 엄마가 묻힌 곳이 있을 거예요. 누가 하느님 자동차 트렁크를 조사해봐야 한다고요. 신이 여자일 수도 있지 않을까요? 우리를 키우는 건 여자잖아요. 신을 남자로 생각하는 건 아마 문화 때문일 겁니다. 남자가 지배한다는 사실을 정당화시키고 싶은 거죠. 여자들은 우리를 낳고 기르는데, 왜 지배를 하지 않을까요?

그의 코미디를 보고 있으면 한참 웃다가도 정신이 번쩍 든다. 상상력은 우주로 뻗어나가지만, 중요한 관심사는 주변의 불평등이나 폭력이다. 코미디언들은 웃음이라는 무기를 들고 세상의 불합리와 싸우는 사람들이다. 멋진 코미디는 인문 서적보다도 뛰어날 때가 있고, 아름다운 시에 버금갈 때도 있으며, 소설보다 흥미진진한 스토리일 때도 있다.

루이 C. K.가 직접 만들고 주연도 맡은 〈루이〉라는 드라마가 있는데, 거기에서 스탠드업 코미디언의 생활을 조금 엿볼 수 있다. 밤이면 클럽에 가서 공연을 하고, 공연이 끝난 후 가볍게 술 한잔하고, 지친 몸을 이끌고 지하철을 탄 채 집으로 돌아가는데, 이때 인상적인 장면이 나온다. 지하철을 타고 집으로 돌아가던 루이가 수첩을 꺼내서 주위 사람들의 이야기를 받아 적는다. 아이들의 농담을 받아 적고, 사람들의 전화 통화를 엿듣는다. 누군가를 웃기려면 먼저 그 사람의 삶을 이해해야 한다. 지하철에서 사람들의 대화를 받아 적는 장면은 마치 거울을 보는 것 같았다. 나도 그런 식으로 사람들의 대화를 받아 적는다.

동네 카페에서 글을 쓰면 두 가지 좋은 점이 있는데, 첫째는 긴장감을 잃지 않고 글을 쓸 수 있다는 것이고, 둘째는 옆 좌석 사람들의 이야기를 엿들을 수 있다는 것이다. 세상에는 다양한 사람들이 살고, 다양한 이야기를 나눈다. 집안 이야기일 때도 있고, 자식 이야기, 사업 이야기일 때도 있고, 영화사의 시나리오 이야기일 때도 있다. 잠깐 동안의 이야기를 듣고 많은 걸 판단할 수는 없지만 어떤 식으로 말하고 대꾸하는지를 보는 것만으로도 많은 공부가 된다. 모든 사람들은 자기만의 방식으로 이야기한다. 누구에게나 독특한 말투가 있고, 유별난 어휘 선택의 기준이 있다. 그것만 제대로 받아 적어도 다양한 대사를 쓸 수 있다.

미치오 가쿠는 『마음의 미래』박병철 옮김, 김영사, 2015에서 유머와 농담의 메커니즘에 대해 이렇게 설명했다.

"누군가에게 농담을 들었을 때, 우리는 스스로 미래를 시뮬

레이션하여 이야기를 완성한 후에야 웃을 수 있다(자신이 그러고 있다는 사실을 전혀 인식하지 못한다 해도, 이 과정은 자연스럽게 진행된다). 우리는 모두 물리적 세계와 사회적 세계에 관하여 충분히 알고 있으므로, 어떤 이야기를 들으면 그 결과를 예측할 수 있다. 그런데 이야기에 펀치라인이 존재하여 예상을 완전히 뒤엎는 결말에 도달하면 갑자기 웃음이 터진다. 따라서 누군가를 웃기려면 그의 예측 능력을 의외의 방식으로 순식간에 와해시킬 수 있어야 한다."

앞에서 인용한 루이의 코미디를 예로 들자면 "하늘에 계신 우리 아버지" 다음에 "아버지, 대체 어머니는 어디에 간 거죠? 하느님, 우리 엄마한테 무슨 짓을 한 겁니까?"라는 말이 오는 순간 사람들은 웃을 수밖에 없다. '하늘에 계신 우리 아버지'라는 말을 들으면 성스러운 주기도문의 내용이나 자신만의 하느님을 떠올리게 되는데, 루이는 철저하게 맥락을 파괴한다. 예상을 완전히 뒤엎는 말로 사람들을 웃긴 다음에 새로운 의문을 제기한다. '어째서 하느님은 아버지일까요, 어머니일 수는 없을까요?' 이건 글쓰기의 기본과도 맥이 닿아 있다. 글을 쓴다는 것은 뻥 뚫린 고속도로를 달리는 게 아니라, 지방국도를 달리는 것이다. 막다른 길로 잘못 진입했다가 빠져나오고, 우회도로를 선택하기도 하고, 비포장도로를 달릴 때도 있다. 끝을 알 수 없는 여러 가지 길을 달리는 동안 예상외의 글이 탄생하기도 한다.

글을 쓸 때 가장 중요한 재능이 무엇인지 물어보는 사람이 많다. 그럴 때면 늘 공감 능력이라고 말한다. 공감 능력은 상대방의 마음속으로 들어가보는 일이고, 들어가보려고 시도하는 일이다. 남녀의 차이를 다루는 다큐멘터리를 보다가 '공감 능력'과 '체계화 능력'이라는 단어를 알게 됐다. 비슷한 조건의 남녀를 비교해봤을 때 남자들의 체계화 능력은 여자를 앞선다. 자전거를 그려보라는 요구에 남자들은 그럴싸한 자전거를 그렸지만 여자들은 대부분 완전한 형태를 만들지 못했다. 자전거는 제대로 그리지 않으면서 자전거 위에 앉은 사람을 자세하게 그린 여자도 있었다. 여자들은 남자에 비해 공감 능력이 월등하게 좋았다. 많은 남자들이 타인의 감정에 소홀한 반면, 여자들은 상대의 이야기를 잘 들었고, 더 잘 이해했다.

글을 쓸 때 두번째로 중요한 재능이 무엇인지 물어본다면, 나는 체계화 능력이라고 대답을 할 것이다. 어떤 의미를 구조화하고, 논리적으로 사고하고, 커다란 건축물을 상상하는 능력이 글쓰는 데 필요하다. 그렇지만 이건 두번째다. 공감 능력이 떨어지면 체계화 능력은 소용이 없다. 공감 없는 체계화는 위험할 때가 많다.

최근 유행하고 있는 신조어 '맨스플레인mansplain'(남자man와 설명하다explain를 결합한 단어로, 대체로 남자가 여자에게 잘난 체하며 아랫사람 대하듯 설명하는 것을 말한다)이라는 단어는 공감 없는 체계화의 대표적인 사례가 아닐까 싶다. 남자들은 자신의 체계를 상대방에게 설명하고 싶어하지만, 공감 능력이 부족하기 때문에 상대방의 입장을 고려하지는 않는다. 가장 중요한 공감 능력은 '차이를 이해'하는 것인데, 남자들은 그러질 못한다. 리베카 솔닛은 『남자들은 자꾸 나를 가르치려 든다』에서 '우리가 무언가를 다 안다고 착각할 때는 자신이 모른다는 사실을 자각할 때보다 사실 더 모른다'고 지적했다.

글을 쓴다는 것은, 특히 소설을 쓴다는 것은 아는 것을 안다고 말하고 모르는 것은 잘 모른다고 밝히는 일이다. 우리는 상대방의 생각이나 감정을 알고 싶지만 정확히 알 수 없기 때문에, 픽션이라는 장르를 만들었다. 픽션은 우리가 무언가를 알게 됐다고 착각하게 만드는 장르가 아니라 더 모른다는 사실을 자각하게 만드는 장르다. 나는 사람들이 소설을 더 많이 읽었으면 좋겠고, 정확히 알 수 없는 것들에 대해 모른다고 말할 수 있었으면 좋겠다. 여자들은 지금도 그러고 있다. 공감이 우선이고, 체계화는 두번째다. 남자들이 설명한다면, 여자들은 서술한다. 맨스플레인 같은 단어가 있다면 '우머내레이션womanarration' 같은 단어도 있어야 한다고 생각한다. 남자들은 여자들처럼 좀더 이야기에 익숙해져야 하고, 소설을 더 많이 읽어야 하고, 더 많이 공감하려고 노력해야 한다. 한번쯤 루이 C. K.처럼 스탠드업 코미디를 하게 된다면(소심한 내게 과연 그런 날이 올까?) 그래서 무대 위에 오르게 된다면 이런 코미디를 하게 될 것 같다. 제목은 10+9+(1)=20.

하느님은 남자를 만들고 나서 여자를 만드셨죠. 아담을 만든 다음 갈빗대 하나를 빼서 여자를 만드는데, 이름도 안 줍니다. 그냥 여자라고 불러요. 섭섭한 일입니다. 나중에 아담이 이름을 지어주죠. 하와라고. 그래도 이름 없는 여자가 성능이 훨씬 좋습니다. 남자는 버전 1.0이고 여자는 2.0입니다. 원래 초기 버전들은 버그가 많아요. 애플에서 나오는 제품들, 초기 버전은 사는 게 아닙니다. 엉망이거든요. 남자가 엉망인 게 다 이유가 있습니다. 남자들은 아이팟 클래식이라고 생각하면 됩니다. 덩치는 큰데 기능도 적고 날렵하지 못하죠. 작동하는 소리도 얼마나 큰지 모릅니다. 여자들은 아이팟 터치에 가깝겠죠. 하느님도 남자를 만들고 아차 싶었을지 몰라요. 업그레이드가 필요하다고 생각했을 겁니다. 남자의 몸에는 아홉 개의 구멍이 있는데, 여자에게는 열 개가 있습니다. 버전 차이가 나죠?

나중에 몰래 구멍을 하나 더 뚫어서 완벽하게 만드신 겁니다. 기능도 여자들에게 훨씬 많죠. 몸매도 훨씬 아름답고, 말도 잘하고, 듣기도 잘하고, 관찰도 잘하고, 여러 가지 일을 한꺼번에 해내는 멀티태스킹 능력도 훨씬 좋습니다. 저는 남자들이 여자들처럼 현명해지기 위해서 몸 어딘가에 구멍 하나를 더 뚫어야 한다고 생각합니다. 아홉 개의 구멍에다 하나를 더 뚫어야 완벽한 버전이 되는 겁니다. 어디쯤 뚫으면 좋을까요? 에이, 이상한 데다 뚫지 말고요, 잘 생각해봅시다. 뒤통수에다 눈을 달아서 나를 공격하려는 녀석들을 경계하고 싶다, 이런 생각 하지 맙시다. 그게 남자의 한계라고요.

귀에 구멍을 하나 더 내서 듣기 능력을 강화할 수도 있을 겁니다. 그럼 설명하기 전에 한번 더 듣게 되겠죠. 아니면 눈에 구멍을 하나 더 내서 관찰하는 능력을 향상시킬 수도 있을 겁니다. 하늘이 얼마나 파란지, 우주가 얼마나 넓은지, 아름다운 것들은 대체 얼마나 아름다운지, 그런 관찰을 더 잘할 수 있겠죠. 입에다 구멍을 하나 더 내서 좀더 조리 있게 말할 수도 있을 겁니다. 설명을 하더라도 상대방을 배려하며 할 수 있겠죠. 자신이 부족하다고 생각되는 부분에 구멍을 뚫는 겁니다. 그 구멍이 완성됐을 때, 남녀가 좀더 조화롭게 살 수 있지 않을까요?

공익광고 같은 마무리가 됐지만, 하고 싶은 말에다 코미디를 입히니 이야기가 훨씬 풍성해지는 것 같다. 이것은 하느님이나 특정 종교를 비하하는 내용도 아니고, 애플을 홍보는 내용도 아니다. 이걸 듣고 (재미없다고 생각할 수는 있지만 내용에 대해서) 정색하거나 기분이 나빠지면 촌스러운 거다. 코미디는 그렇게 우리를 훑고 지나간다. 같이 웃다가 혼자 돌아가서 곰곰이 의미를 생각하게 되는 게 좋은 코미디다. 그런 코미디를 구사하는 사람들을 사랑하지 않을 수 없다.

슬픔 속에 있지 말고, 슬퍼하라

죽음은 살아남은 자들에게 강렬한 메시지를 남긴다. 삶은 불완전하며, 쉽게 바뀔 수 있으며, 모래 위에 지은 성과 같다. 우리는 타인의 죽음을 통해 삶을 배운다. 롤랑 바르트는 『애도 일기』김진영 옮김, 이순, 2012에 이렇게 적었다. "'두 번 다시 볼 수 없구나, 두 번 다시 만날 수 없구나!' 그런데 이 말 속에는 모순이 들어 있다. '두 번 다시 만날 수 없다'라는 말은 영원할 수 없다. 그렇게 말하는 사람 스스로도 언젠가는 죽을 수밖에 없으니까. '두 번 다시 볼 수 없다니!' 이 말은 영원히 죽지 않는 그 어떤 존재만이 할 수 있는 말이다." 흘러가는 것들을 아쉬워하면서 손을 흔들지만 우리 역시 흘러가는 중이다. 우리는 삶에서 딱 한 번밖에 만날 수 없는 존재들이고, 거꾸로 달릴 수 없는 사람들이다. "여태껏 아무도 되돌아온 자 없는 그곳, 그 미지의 나라, 사후세계에 대한 두려움이 우리의 의지를 마비시키고 우리로 하여금 알지 못하는 저승으로 달려가기보다 이승의 질곡을 참고 살게 하는 것 아니겠는가"는 햄릿의 말이다. 나 역시 죽음으로 떠밀려가는 것이 두렵다. 언젠가 만나게 될 폭포 아래의 거대한 심연이 아찔하다. 웰다잉well-dying이 대체 무슨 의미가 있나. '끔찍한' 죽음이든 '편안한' 죽음이든 죽음을 설명하는 단어 위에 방점을 찍을 수는 없다. 방점은 오로지 죽음에만 찍힌다. 시몬 드 보부아르는 이렇게 적었다. "목숨이 유한하다는 것을 안 순간부터 나는 죽음이 무서워 견딜 수가 없었다. 15세의 내 자아는 세상이 평화롭고 내 행복이 튼튼할 때에도 언젠가 정해진 날에 덮쳐올 철저한 비존재 상태, 나의 철저한 비존재 상태를 생각하고 또 생각했다. 그러한 사멸을 생각하면 너무나 두려워서 초연하게 맞선다는 생각은 전혀 할 수가 없었다. 사람들이 '용기'라고 부르는 것은 뭘 모르는 멍청한 소리라고밖에 생각할 수 없었다." 우리는 끝내 바스러져서 철저한 비존재 상태로 변할 것이다. 흔적도 남지 않을 것이며 기억도 남지 않을 것이다. 누군가의 애도는 곧 사라질 것이며, 애도한 자들 역시 또다른 사람들에게 애도의 대상이 될 것이다. 용기로 죽음을 대할 수 없으며 준비로 죽음을 환대할 수도 없을 것이다. 소설가 김훈은 『칼의 노래』 문학동네, 2012에 이렇게 적었다. "나는 죽음을 죽음으로써 각오할 수는 없었다. 나는 각오되지 않는 죽음이 두려웠다."

소설 『건지 감자껍질파이 북클럽』 메리 앤 섀퍼·애니 배로스, 신선해 옮김, 이덴슬리벨, 2010에는 이런 문장이 있다. "조문객들이 찾아와 나를 위로한답시고 하는 말이 '삶은 계속되는 거예요'였어요. 엉터리라는 생각이 들더군요. 당연히 삶은 계속되지 않아요. 계속되는 건 죽음이죠. 이언은 이제 죽었고 내일도 내년에도 그후로도 영원히 죽어 있을 테니까. 죽음에는 끝이 없어요." 당연히 삶은 계속되지만 그건 우리의 삶이 아니다. 삶은 우리보다 훨씬 크고, 우리를 집어삼킨다. '나의 삶'이나 '너의 삶'은 성립할 수 없는 말이다. 누구도 삶을 소유할 수 없다. 삶을 소유했다고 착각하는 순간 삶은 우리를 가차없이 죽음으로 내팽개친다. 토마스 만의 『마의 산』 윤순식 옮김, 열린책들, 2014에서 어린 나이에 여러 번의 죽음을 목격한 한스 카스토르프는 "노련한 전문가와 같은 감정과 표정을 보이며, 특이하고도 조숙한 분위기를" 띤다. 그는 죽음을 이렇게 느낀다. "죽음에는 경건하고 명상적이며 슬프도록 아름다운 속성, 즉 종교적인 속성이 있지만, 이와 동시에 전혀 다른, 이와는 반대되는 속성, 즉 지극히 육체적이고 물질적인 속성도 있는 것이다. 이것은 아름답지도 명상적이지도 경건하지도 않으며 단지 슬프다고 말할 수밖에 없는 속성이다." 죽은 자는 더이상 슬프지 않다. 슬픔은 살아남은 자들의 몫이다.

우리는 타인의 죽음을 통해 삶을 배우지만, 누군가의 죽음을 인용하며 삶을 가르칠 수는 없다. 인용된 죽음은 언제나 이용될 뿐이다. 영화 〈위플래시〉에서 선생 플레처(J. K. 시먼스)의 실체는 뒤늦게 밝혀진다. 그는 죽은 제자의 음악을 학생들에게 들려주면서 눈물을 흘린다. '재능이 있는 학생이었고 그를 가르친 일이 행복했는데, 얼마 전 사고로 죽고 말았다'고 설명하는 선생의 표정은 비통했다. 솔직히 이 장면을 보면서 나는 눈물이 날 뻔했다. 사고로 죽은 제자와 그의 마지막 연주와 독재자 같던 선생의 눈물을 섞으니 강렬한 최루탄이 됐다. 나는 간신히 울음을 참았다. 진실은 나중에 설명된다. 그의 제자는 교통사고로 죽은 게 아니었다. 학생들의 실력을 끌어올리기 위해 수단과 방법을 가리지 않던 플레처 선생은 자살한 제자의 죽음을 왜곡한다. 자신의 방법이 옳았다는 것을 설명하기 위해서든, 학생들의 감정을 극적으로 끌어올리기 위해서든, 어떤 이유에서라도 이 왜곡은 최악이다. 플레처 선생은 과연 죽은 제자를 단 1초라도 애도한 적이 있었을까. 그의 죽음을 전해 들었을 때 어떤 표정을 지었을까. 그의 죽음을 전해 듣는 순간, 곧바로 자기합리화가 시작된 것은 아닐까. 슬픔의 깊이를 가늠하는 건 폭력적인 일이기도 하지만 드러난 행동으로 깊이를 유추해볼 수는 있다.

나는 플레처 같은 사람들을 만난 적이 있다. 그들은 미래에 광적으로 집착한다. 그들에게 미래는 경주마에게 씌우는 눈가리개이며, 현실을 부정하기 위해 만들어진 가상의 장치이다. 그들은 현실의 고통을 감수하고 미래에 투자하면 역사라는 시간 속에 영원히 머물 수 있다고 사람들을 꼬드긴다. 예술가에게 그건 엄청난 유혹이다. 현재의 삶을 포기하고 역사에 남을 것인가, 아니면 역사를 포기하고 현재를 즐길 것인가. 현재의 삶을 포기해도 역사에 남을 확률은 적다. 룰렛 게임의 36분의 1보다 확률이 낮은 게임이다. 대신 역사에 남길 포기하면 누구든 현재를 즐길 수 있다. 예술가에게는 쉽지 않은 선택이다.

롤랑 바르트의 『애도 일기』에서 가장 기이한 문장은 이것이었다. "애도에 대해서 말하지 말자. 그건 너무 정신분석학적이다. 나는 슬픔 속에 있는 게 아니다. 나는 슬퍼하는 것이다." 언뜻 책 전체를 부정하는 문장 같지만 실은 책을 가장 잘 설명하고 있는 문장인지도 모르겠다. '두 번 다시 만날 수 없구나'라고 생각하는 것은 슬픔 속에 있는 것이다. 슬픔 속에 머문다는 말에 속기 쉽지만 우리는 시간에 떠밀려가는 존재들이라 그럴 수 없다. 우리들의 육체는 슬픔에 머물기를, 정지된 시간에 머물기를 거부한다. 낡고 병들고 부서지면서 어딘가로 향해 사라지고 있는 중이다.

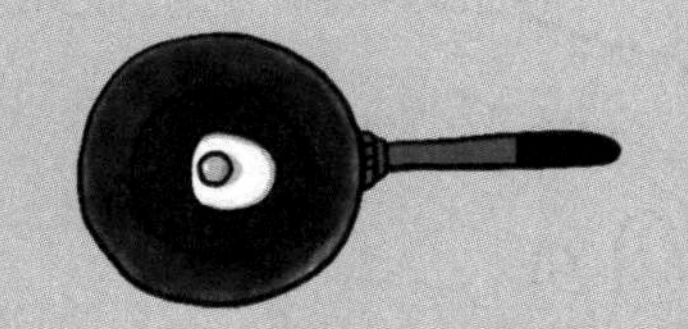

손목
wrist

손목

손과 팔이 잇닿는 부분으로 여덟 개의 손목뼈와 다섯 개의 손허리뼈가 만든 여러 개의 관절로 구성되어 있으며, 남자가 여자를 어디론가 데려갈 때 주로 잡는 부위이기도 하다. 남자가 여자의 손목을 붙잡는 이유는 인체에서 가장 연약한 곳이기 때문이라는 주장도 있다. 손목을 붙잡는 것은 '내가 당신을 구하겠다'는 상징적인 메시지이기도 한데, 정작 남자들은 여자의 손목을 붙잡은 후에는 '맨스플레인'에 주력한다는 통계가 있다. 자살할 때도 이 부위에 상처를 내는 사람들이 많은데, 이는 손목이 신체 중에서 흉터를 감추기 가장 힘든 부위이므로 되돌릴 수 없는 일을 감행하겠다는 의지의 표현이기도 하다. 손목을 긋는 일 없이, 서로 붙잡아주어야 하겠다.

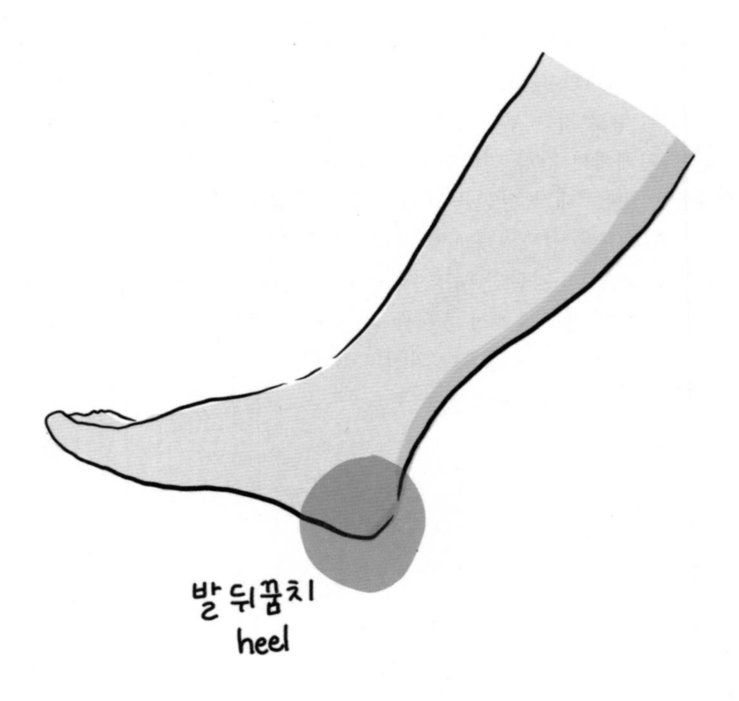
발뒤꿈치
heel

발뒤꿈치

발의 뒤쪽 발바닥과 발목 사이의 볼록한 부분. 현대에서는 주로 사람들의 성공 여부를 가늠하는 잣대로 사용되며 "넌 내 발뒤꿈치도 못 쫓아와"라는 표현은 발이 엄청나게 큰 사람만 쓸 수 있다. 발의 치수가 250밀리 미만인 사람은 이런 표현을 사용했다가 비웃음을 사기 십상이다. 기원전 3500년경 발뒤꿈치를 높이는 하이힐이 개발됐는데, 이는 발이 작은 여성들이 크기가 아닌 높이로 상대방을 제압하기 위한 도구였다. 신분이 높은 여성들은 하이힐을 신어서 지위가 낮은 여성들이 발뒤꿈치도 쫓아오지 못하도록 만들었으며, 이후 그리스와 로마 제국 등을 통해 유럽 전역으로 퍼지게 되었다.

어렸을 때는 운동에 관심이 없었다.
달리기 시합 때도 달리기에 집중하지 않고,
어머니가 어디쯤 와 계신지 두리번거리기 바빴다.

그때부터
농구에 빠져들었다.

운동장에서 농구를 하던
친구들과 자연스럽게
어울리게 되었고,

나는 거의 매일
농구를 했다.

그때 농구공은
나의 작은 우주였다.

나는 농구를 잘하는 아이는
아니었다.
팅
그저
드리블을 하는 게
즐거웠고,
농구공을 잡기 위해
뛰어오르는 게
좋았다.

수백 수천 번이라도
뛰어오르고 싶었다.

요즘도 농구공을 보면
손바닥이 간질간질하고,
온몸이 쭈욱 늘어나는 듯한
기분이 든다.
몸은 모든 걸 기억하고 있다.

몸의 일기

8

잠영을 하며
숨을 참는다
오랫동안
잠수 타고 싶다

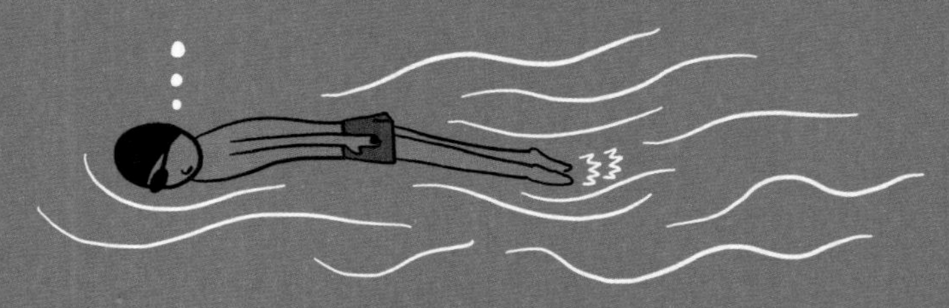

수영을 하다보면
가끔씩 생각이 없어질 때가 있다.
가장 싫은 순간은
내가 생각이 없었다는 걸
알아차렸을 때다.
아, 좀더 생각 없이 있을 수 있었는데……

수영을 몇 년 했지만
실력은 좀처럼 나아지질 않는다.
헤엄칠 수 있는 거리가
아주 조금씩 길어질 뿐.
그걸로 충분하다.

수영장의 천장을 바라보면
아주 잠깐 우주에서 유영하는 듯한
착각이 든다.

×

에필로그

나이는 숫자에 불과하다. 그 말이 맞다. 숫자일 뿐이라서, 나이로 뭔가 짐작하면 안 된다. 같은 나이더라도 걸어온 길이 다르고, 겪은 단어가 다르다. 점점 나이를 묻지 않게 된다. 대답을 듣더라도 잘 기억하지 못한다. 35였는지 45였는지, 34였는지 43이었는지 기억해낼 수 없다. 얼굴에는 숫자가 아니라 주름이 새겨진다. 지구의 나이도 잘 외우지 못한다. 45억 년이었는지, 450억 년이었는지, 기억나지 않는다. 하나는 너무 커서, 하나는 너무 작아서 구별하지 못한다.

과학을 잘 이해하지 못하지만 과학이 어떤 방식으로 작동하는지는 어렴풋하게 알 것 같다. 과학은 성안에 숨겨놓은 과일나무가 아니라 광장에 내놓은 찰흙 덩어리 같은 것이다. 누구나 만지고 수정할 수 있다. 과학이 사람들에게 믿음을 줄 수 있는 이유는 오랜 시간 많은 사람들의 비판에서 살아남았기 때문이며, 여전히 바뀔 수 있다는 가능성 때문이다. 오늘의 정답이 내일의 오답이다. 시간 앞에서는 답이 없다.

직선 같던 시간이 3차원으로 넓어질 때가 있다. 아득해지고, 어질어질하고, 넓이를 가늠할 수 없어서 오히려 눈앞에 있는 것들만 뚫어지게 바라보게 된다. 가까이에 있는 것들을 자세하게 본다. 빗방울이 생각보다 천천히 떨어지고, 바람이 눈에 보이는 것만 같고, 계절의 뒷덜미를 붙들 수도 있을 것 같다. 시간이 이렇게 천천히 흘러가주기만 한다면 뭐라도 해볼 수 있을 것 같다. 새로운 것, 한 번도 시도해보지 못한 것, 꿈도 꾸지 못했던 것, 포기했던 것을 다시 시작해볼까. 눈을 들어서 바라보면 생각과는 달리 엄청나게 빠른 속도로 모든 게 회전하고 있다. 자전하고, 공전하고 있다. 눈앞에 있는 것들과 멀리 있는 것들을 번갈아 보아야 한다. 어떻게 하면 시간 앞에서 담대해질 수 있을까. 주눅들지 않고 당당할 수 있을까. 가까이 보고 멀리 보면서 여전히 방법을 찾는 중이다.

바디무빙

초판인쇄 2016년 4월 25일
초판발행 2016년 5월 4일

지은이 김중혁
펴낸이 염현숙
책임편집 강윤정 | 편집 김필균 김형균 | 모니터링 이희연
디자인 윤종윤 | 마케팅 정민호 나해진 박보람 이동엽
홍보 김희숙 김상만 이천희
제작 강신은 김동욱 임현식 | 제작처 영신사

펴낸곳 (주)문학동네
출판등록 1993년 10월 22일 제406-2003-000045호
주소 10881 경기도 파주시 회동길 210
전자우편 editor@munhak.com | 대표전화 031) 955-8888 | 팩스 031) 955-8855
문의전화 031) 955-3576(마케팅) 031) 955-2678(편집)
문학동네카페 http://cafe.naver.com/mhdn | 트위터 @munhakdongne

ISBN 978-89-546-4054-1 03810

* 이 도서의 국립중앙도서관 출판예정도서목록(CIP)은 서지정보유통지원시스템 홈페이지(http://seoji.nl.go.kr)와 국가자료공동목록시스템(http://www.nl.go.kr/kolisnet)에서 이용하실 수 있습니다.(CIP 제어번호: 2016010126)

www.munhak.com